我的苏莱曼不见了

文学共同体书系·中国当代多民族经典作家文库

何平 主编

艾克拜尔·米吉提 著

译林出版社

图书在版编目（CIP）数据

我的苏莱曼不见了/艾克拜尔·米吉提著．—南京：译林出版社，2023.9

（文学共同体书系·中国当代多民族经典作家文库/何平主编）

ISBN 978-7-5447-9770-2

Ⅰ.①我…　Ⅱ.①艾…　Ⅲ.①中篇小说－小说集－中国－当代　②短篇小说－小说集－中国－当代　Ⅳ.①I247.7

中国版本图书馆 CIP 数据核字（2023）第 087796 号

我的苏莱曼不见了　艾克拜尔·米吉提/著

主　　编　何　平
出版统筹　陆志宙
责任编辑　管小榕
装帧设计　曹沁雪
校　　对　戴小娥　蒋　燕
责任印制　闻媛媛

出版发行　译林出版社
地　　址　南京市湖南路 1 号 A 楼
邮　　箱　yilin@yilin.com
网　　址　www.yilin.com
市场热线　025-86633278
排　　版　南京展望文化发展有限公司
印　　刷　苏州市越洋印刷有限公司
开　　本　787 毫米 ×1092 毫米　1/32
印　　张　8.375
插　　页　4
版　　次　2023 年 9 月第 1 版
印　　次　2023 年 9 月第 1 次印刷
书　　号　ISBN 978-7-5447-9770-2
定　　价　59.00 元

走向“文学共同体”的多民族中国当代文学

何　平

“文学共同体书系·中国当代多民族经典作家文库”（第一辑）收入当代蒙古族、藏族、维吾尔族、哈萨克族和彝族阿云嘎、莫·哈斯巴根、艾克拜尔·米吉提、阿拉提·阿斯木、扎西达娃、叶尔克西·胡尔曼别克、吉狄马加、次仁罗布、万玛才旦等小说家和诗人的经典作品，他们的写作差不多代表了这五个民族当下文学的最高成就。事实上，这些小说家和诗人不仅是各自民族当代文学发展进程中最为杰出、最具影响力的代表人物，即使放在整个中国当代文学史亦不可忽视。

通常情况下，蒙古族、藏族、维吾尔族、哈萨克族和彝族的族裔身份，使得这些小说家和诗人往往被归于“少数民族文学”的视野框架内。不过需要注意到，基于当下中国文学生态场域的特质和属性，这些作家更应该在中国当代“多民族文学”之“多”之丰富性的论述框架中进行考察。毋庸讳言，受全球化和民族融合等时代因素的影响，中国当代少数民族文化与汉文化、世界文化的同质化愈发明晰，而多民族的民族性之“多”难免逐渐丧失；但另一方面，中华民族各民族依旧在相当程度上内蕴着独特自足的民族性，包括相对应的民族文化传统。在此前提下，我们需要思考：在今天的中国当代文学语境，蒙古族、藏族、维吾尔族、朝鲜族、彝族等及其他民族文学是否已被充分认知与理解？怎样才能更为深入、准确地辨识文学的民族性？

不管文学史编撰者在编撰过程中如何强调写作的客观性，文学史必然葆有编撰者自身独特的情感态度和价值立场，这当然会关乎多民族文学的论述。诸多中国当代文学史著作时常暴露出这样的局限：相关作家只有以汉语进行写作，或是他们的母语作品被不断翻译成汉语文本，他们才具有进入中国当代文学史框架范畴的可能性。事实上，如蒙古族、藏族、维吾尔族、哈萨克族、朝鲜族、彝族等民族都有着各自的语言文字和久远的文化和文学传统，至今依然表现出语言和文学的双向建构。当然，要求所有中国当代文学史编撰者都能够掌握各民族语言是不切实际的。且像巴赫提亚、哈森、苏永成、哈达奇·刚、金莲兰、龙仁青等拥有丰富双语经验的译者、研究者原本可以加入到中国当代文学史的编撰工作，然而实际情况是他们鲜少被当代中国文学史编撰所吸纳。这也就随之带来了一个问题：使用蒙古语、藏语、维吾尔语、哈萨克语、朝鲜语等各自民族语言进行写作，同时又没有被译介为汉语的文学作品怎样才能进入中国当代文学史的论述当中？

需要指出，中国当代文学的版图中，进行双语写作的作家在数量上并不少，如蒙古族的阿云嘎、藏族的万玛才旦、维吾尔族的阿拉提·阿斯木都有双语写作的实践。双语作家通常存在着两类写作：一类写作的影响可能生发于民族内部，另一类写作由于“汉语”的中介作用从而得到了更为普遍的传播。由此而言，中国当代文学史指向多民族文学的阐发，实质上是对于相应民族作家汉语写作的论述。而文学史编撰与当代文学批评面临着相类似的处境。假如中国当代文学史的叙述难以覆盖到整个国家疆域中除汉语以外使用其他民族母语的少数民族作家及其作品，那么中国当代文学版图是不完整的。

二十世纪八十年代作为“假想的文学黄金时代”，是很多人在言及中国当代文学时的“热点”：为何需要重返八十年代？八十年代给中国当代文学提供了哪些富有启发性的意义要素？但即使是在八十年代这样一个“假想的文学黄金时代”，蒙古族、维吾尔族、哈萨克族、朝鲜族等民族的文学也并没有获得足够的认知与识别。也许这一时期得到关注与部分展开的只有藏族文学，如扎西达娃的小说在八十年代深刻影响到了中国文学对于现实的想象，从扎西达娃八十年代小说创作所展现出的能力，他具有进入世界一流作家行列的可能。而鄂温克族作家乌热尔图在八十年代也给国内文坛带来了一种全新的文学经验，这也影响到当时寻根文学思潮的生发。而作为对照，我们不禁要问：现在又有多少写作者能如八十年代的扎西达娃、乌热尔图去扭转当下文学对于现实的想象和文学的地理版图？而时常被人忽视而理应值得期待的是，国内越来越多的双语写作者从母语写作转向汉语写作，成为语言“他乡”的文学创作者。长期受限于单一汉语写作环境的汉语作家，往往易产生语言的惰性，而语言或者不同民族文化之间的“越境旅行”却有可能促成写作者的体验、审视和反思。

当我们把阿云嘎、莫·哈斯巴根、艾克拜尔·米吉提、阿拉提·阿斯木、扎西达娃、叶尔克西·胡尔曼别克、吉狄马加、次仁罗布、万玛才旦等放在一起，显然可以看到他们怎样以各自民族经验作为起点，怎样将他们的文学“细语”融于当下中国文学的“众声”。党的十九大报告中指出：“深化民族团结进步教育，铸牢中华民族共同体意识，加强各民族交往交流交融，促进各民族像石榴籽一样紧紧抱在一起，共同团结奋斗、共同繁荣发展。”中国作为统一的多民族国家，它的文化景观（这其中当然包含文学景观）的真正魅力，很大程度上植根于它的丰富性和多样性，植根于它和而不同、多样共生的厚重与博大。中国多民族文学是象征中华民族悠久历史的文化标志，是国家值得骄傲的文化宝藏，与此同时，中国多民族文学在继承与发展的进程中逐渐成为中国文学，乃至世界文学的重要组成部分，他们所具有的民族身份在文学层面展现出了对于相应民族传统的认同与归属。因此他们的写作能够更加深入具体地反映该民族的生存状态与生活景象，为当代多民族文学的写作提供了一种重要范式。作为具有独特精神创造、文化表达、审美呈现的多民族文学，为中国当代文学提供鲜活具体的材料和广阔的阐释空间。

改革开放以来，原本相对稳定的民族文化传统和结构正受到西方话语体系及相关意识形态的猛烈冲击。具体到各个民族，迅猛的现代化进程使得各民族的风土人情、生活模式、文化理念发生改变，社会流动性骤然变强，传统的民族特色及其赖以生存的根基正在悄然流失，原本牢固的民族乡情纽带出现松动。相对应的，则是多个民族的语言濒危、民族民俗仪式失传或畸变、民族精神价值扭曲等。而现代化在满足和改善个体物质需求的同时，亦存在一些负面因素，如拜金主义、个人主义、享乐主义等等。上述种种道德失范现象导致各民族中的部分优秀文化传统正面临巨大的挑战，这也是各民族共同存在的文化焦虑。“文学共同体书系”追求民族性价值的深度。这些多民族作家打破了外在形貌层面的民族特征，进一步勘探自我民族的精神意绪、性格心理、情感态度、思维结构。深层次的民族心理也体现了该民族成员在共同价值观引导下的特有属性。从这个意义而言，多民族文学希望可以探求具有深度的民族性价值，深入了解民族复杂的心理活动，把握揭示民族独特的心理定势。我们常能听到一句流传甚广的话：“越是民族的，越是世界的。”但假如民族性被偏执狭隘的地方主义取代，那么，越是民族的，则将离世界越远，而走向“文学共同体”则是走向对话、丰富和辽阔的世界文学格局的多民族中国当代文学。

目录

哦！

十五岁的哈丽黛哟……

一

我终于盼到了工间休息。

没想到竟然这样的晦气——生平头一遭握起坎土曼把子，还没抡它两小时呢，手掌上就已经挤满了血泡，疼痛通过我那早已麻木了的双臂直传到心房。我不想在第一个上午就给这些农民硬汉留下个懦夫的印象，趁着工间休息，躲着我在村里结识的第一个朋友——我房东家的儿子达吾提，悄悄溜下前边不远处的老坎，来到水塘边上，想在这里独自静静地呆一会儿。

水塘边上空寂无人。早春的太阳斜挂在东边的天空，泛着绿光的水塘，像一块明净的镜面，十分安详地映照着高深莫测的苍穹。水塘对面是一片静静地欣赏着自己的柔嫩身姿的小柳树林。柳林深处掩映着一排土屋，从那里时时传来阵阵鸡鸭的叫声，与从老坎上边隐约传来的歇工的人们的嬉笑声混在一起，在这恬静的水塘上空悠悠颤荡。

我再次看看四下里确实没有人影，这才选定一处被深深的草丛隐蔽着的小湾坐下来，颓然摊开双手，默默地望着那一颗颗鲜红柔嫩的血泡出神，心里却不住地责备着自己：“唉，你呀你，怎么就这样不争气呢？瞧人家达吾提，和你一道抡了半天坎土曼，连口大气都不喘……”

忽然，一道涟漪轻轻荡来，悄然无声地消失在水塘边上，那一丛丛翠绿的水草，却乐悠悠地晃着脑袋。于是，一道道涟漪手挽着手匆匆接踵赶来……

当然，我的感官准确无误地告诉我，此刻没有纹丝风动，根本没有。可是，是谁搅动了宁静的水面？我疑惑地抬起头来。然而，就在这一刹那，我愣住了——

“您好。”水塘对面有一个姑娘正在洗手呢，她腼腆地向我问好。

“您好。”我不知这位姑娘是什么时候出现在水塘边上的，也不知是否看见了我手心上的血泡……我顿时慌乱起来，匆忙把手伸进水里，装出一副和她一样正在洗手的样子。从我手下激起的水波迅速向塘心荡去，与从彼岸荡来的涟漪交织在一起……

稍许，我才恍然大悟，——她隔着水塘哪能看见我手心呢。于是，为了掩饰自己刚才一时的慌乱，这才讷讷地问道：

“您是……您怎么会一个人在那片小树林里呢？”

“是吗？因为这片小树林是我的呗。”

说罢，姑娘咯咯爽笑起来。也许，她是在笑我方才那窘态吧？然而，不知怎的，那笑声好似一股叮叮咚咚的山泉，向我心头淙淙流来……

“您不就是昨天才到我们村来的知识青年么？对了，

您的名字叫什么来着？吐尔逊江，是吧？”

“您怎么会知道我的名字呢？”

我当时一定是露出了惊讶的笑容——我从来没有想到天下还会有一个姑娘竟然主动打听我的名字。可是眼下这位姑娘何止是打听了呢，分明……然而，还没容得我想下去，一股热浪莫名其妙地涌上心头，彻底打乱了我的思绪。

“这个嘛……”

我只见姑娘快活地闪动着一双乌黑发亮的大眼，正想说什么，可是，忽然打住话题，蹙起眉头望着我背后的方向缄默不语了。

“哦，我们的哈丽黛原来长大了嘛。啊，居然懂得和小伙子们调情了呢。”这时，从我背后响起了一个粗鲁的话音。

“嗨，该死的……”

哈丽黛脸上立刻泛起一抹红晕，站起身来，像一缕轻风飘进了柳树林。我这才发现，她的体态原来是这样的优雅、匀称，简直就像迎风婆娑的柳枝。我出神地望着她那消失在茂密的小柳树林里的背影，不知怎的，一股怅然若失的感情油然升上我的心头。

“哦，我的朋友，你怎么看着那只‘小母鸡’的背影发呆呢？”

忽然，一只硬邦邦的大手落在我的肩上。我这才想起方才轰走哈丽黛的那个粗嗓门来。霎时，一股无名怒火升上心头，我恶狠狠地扭头一看，原来竟是达吾提！瞧他那副德性吧，还冲我挤挤眼笑呢。我恼怒地瞪了他一眼，愤愤然离开了塘边……

二

从那天起，一直有两天我都没怎么好好搭理达吾提。不过，我一进村就被队长安置住在他家，一日三餐又与他在同一个餐桌上，一起吃着他妈为我们备下的饭菜，这实在是让人太别扭了。我也觉得应该与他重归于好，可是一想起那天在塘边的情景，便又窝起火来。直到后来想起爸爸在我临别时的嘱咐，我才感到这也许就是他千叮咛万嘱咐，要我克服的那个讨厌的继续在我身上作祟的孩子气吧。我如今已是个堂堂正正的男子汉了。怎么有脸还像个孩子似的动不动就要赌气呢。于是，我主动与达吾提和解了。确切地说，不过就是我愿意高高兴兴地回答他的问话罢了。因为这两天他根本没有把我的赌气当回事儿，成天总是自得其乐，也不知世界上哪有那么多使他快乐的事儿。

然而从那天下午起，我们就转到远离水塘的大田修渠去了。因此，再没有见着那个美丽的哈丽黛。不知怎的，她那柳枝般苗条的身姿总是在我眼前摆来摆去，甚至在我心头勾起一阵莫名其妙的怅惘，搅得我心绪烦乱。每当这时，我总在心里暗暗生起达吾提的气来。

这天早晨，我和达吾提一同上工。正当我们说笑着走出村口时，我忽然看见哈丽黛正走过水塘上游的木桥，朝那片小柳树林走去。她的步履竟是那样的轻盈。今天她换了件白底素花紧身连衣裙，把她那丰满匀称的身姿衬托得更加美丽了。一种甜丝丝的感觉顿时涌上我心头。我当下按捺不住满心的喜悦，连忙停下步来拽过达吾提说道：

“你瞧，多么美丽的姑娘啊！”

达吾提停住了。他把肩上的坎土曼放下来，双手握住把端，略略俯下身子，眯缝起眼望着哈丽黛的背影，似乎很是认真地端详了一番，忽然冲着我狡黠地笑了：

“是吗？你的发现还真不坏呢。那天她给你说了些什么？我是说……她居然如此神速地赢得了我的朋友的心嘛，啊？”

“凭她的美赢得了我的心，怎么样？”

唉唉，要不是我住在你家，要不是往后还要在你家搭伙……尽管我极力克制着自己，可是你瞧，说出口来的话语仍像河滩里的石头——硬邦邦的。

“哦，朋友，我明白了。不过，你知道吗？她可还是个不满十五岁的小姑娘呢。”

“瞎说，你这纯粹是在骗我。”

瞧吧，就凭哈丽黛那迷人的苗条身姿，谁又肯相信他说的鬼话呢。八成是他自己有心，而哈丽黛对他无意，所以那天一见她对我是那样的友好，便出于卑鄙的嫉妒心理，在这里花言巧语地要弄起鬼花招来了。不然，那天从他嘴里怎么就能冒出那些粗话来呢。

“唉，我说你真是个脑筋不会打转儿的朋友。”达吾提干脆俯下身来，用坎土曼把端顶住胸口，望着哈丽黛的背影摇了摇头叹息道：“就凭她这副模样，鬼才相信她不满十五岁。可是难道你没见过咱那帕夏汗大婶吗？她见了你一定也会这样说：‘我那哈丽黛呀，今年还不满十五岁呢！’你知道吗，村里人听她这样说起哈丽黛的年龄，已经不止一年了。所以我那天才故意逗她‘长大了’呢。”

“可是，你为什么骂她是‘小母鸡’？”

达吾提这番话着实使我心里不免有了几分惭愧。然而，我忽然想起他那天对她的蔑称，不知怎的当下又觉得无法容忍了。

达吾提一听，哈哈大笑着拍了一下我的肩膀：“走吧朋友，别为了瞄姑娘的背影误了工。好了，你用不着对我翻白眼。你自己想想看，骂一个漂亮的姑娘是件多么令人伤心的事儿呀，何况我又哪能骂得出口呢。可是瞧你，进村还没两天呢，就袒护起人家的闺女来了。得了，告诉你吧，那‘小母鸡’呀，并不是骂人的话，是村里的小伙儿们背地里给她起的雅号。你知道吗，去年她在鸡鸭场搞人工孵卵，一次就孵出三百只小鸡来。从此，这个雅号便在小伙儿们中间叫开啦。怎么样，这下你该乐了吧？嘻嘻，真有意思……”

我肩头刚才落下他巴掌的地方还火辣辣地痛着。我不知他的手本来就这般的重呢，还是故意狠劲地拍。不过从他眼神看来，似乎并不像存心这样做的。也许是我多心？算了，暂且不去理会这个。“噢，既然这样……那么……可是难道村里就没有一个小伙儿追求过她么？”

“有呀，这怎么能没有呢。比如说，我就很想试试。可惜她太傲慢了，尽管我和村里的小伙子们努力去取得她的欢心——可她从来都不肯给我们好脸色瞧。不过，如果我没看错的话，如今倒是有一位小伙子能征服她的心。”

“谁？”我忽然不由自主地紧张起来。

“你。”达吾提朝我诡谲地挤了挤眼，笑道，“帕夏汗大婶孤寡无依，就指望着这么个女儿过日子呢。当然你是个有文化的人，也许会有出人头地的那么一天，所以呀，只有你配做她老人家理想中的女婿。”

嗨，看来对于这个达吾提，生任何气都是毫无意义的了……

中午，收工回来，没想到在村口与哈丽黛打了个照面。“您好。”她望着我浅浅地一笑。我的心立刻怦怦乱跳起来。我也彬彬有礼地向她问好。然而，想不到达吾提又粗里粗气地冒出一句话来：“喂，哈丽黛，你瞧我们这位小伙儿怎么样？”

“唔，该死的……”

她的脸颊立刻泛起了一抹红晕，慌乱地埋下头去，匆匆走远了……

三

傍晚，我和达吾提争起扁担来了。可不是么，我已经来了几天了，我的阿依夏木汗大妈和达吾提却不肯让我去挑水。要知道我又不是到他们家来做客的，一个堂堂正正的小伙子怎么好意思什么家务也不沾边，只管张口吃饭呢。然而，我眼下的努力又归落空了。

“孩子，我可知道抡坎土曼是什么滋味儿。你过去没沾过农活的边就一声不吭地干了下来，这我就喜欢死你了。挑水的事儿达吾提自己就能对付。”

瞧，阿依夏木汗大妈就是这么说的。这话能让我服气吗？

“达吾提不也是和我一道在地里劳累了一天吗？”

“瞧你说的，达吾提从小就摔打惯了。你还是歇会儿吧，孩子。”

阿依夏木汗大妈并不认为我的道理能说服她。有什么办法呢？我只好坐在阳台上，静静地听着达吾提肩上的水桶一路撒下轻快的吱扭声渐渐远去。可是，忽然不知怎的响声又转了回来。我困惑地望着大门，只见达吾提的脸在半掩的门缝里闪了一下，示意我出去。我莫名其妙地来到门外，达吾提已经走远了。他回过头来向我晃了一下脑袋，示意我快跟上，便继续朝村外匆匆赶去。

我几乎是到了村口才赶上他的。他把扁担往我肩上一搁，粗声粗气地说：“喏，你不是嚷嚷着要去挑水吗？你就去从泉头挑到这里来吧，我在这里等你。”

我怔住了——这不明明是在欺负人吗？难道你不这般粗暴无礼，我就不知道吃了你家现成饭，起码应当挑担水么？我着实有点生气了。想到今后的漫长日子，甚至隐隐觉得自己无法在这样一个人家里生活下去了。尽管大妈心地善良，可这达吾提要是总让人受这般窝囊气，哪能受得了呢。看来还是有必要让队长趁早给我另调一家去住……然而，这个念头在我脑海里只是一闪而过，当下终于忍住了这口气，挑起担子向村外走去。

村外那个弯弯曲曲的老坎下面，有着许许多多细小的泉眼。它们无声无息地溢渗出来，泉水汇集在一起静静地钻过木桥，流进不远的水塘里，宛若一只不知困倦的蓝色眼睛，默默地凝视着晶莹的蓝天。就在木桥上方的一个小湾下，有一眼偌大的自喷泉，村里人就是打这里取水的。我自顾生着闷气走向泉边。这口泉恰好隐身在老坎下边，从村口出来是看不见它的。因此，当我郁郁不乐地来到坎沿时，竟有那么一小会儿，我简直是傻愣在那里了——瞧，哈丽黛正在弯腰汲水呢！她灵巧地提着水桶在清澈透底的泉面上晃了一晃，扑通下去汲满水提了上来。她那倒映在泉水里的身影，随着汩汩喷涌的水，欢快地颤动着。她直起身子，望了望自己在水中的倒影，这一切似乎立刻使她陶醉了——只见她一手挽住扁担，倾身向泉水静静地注视了一会儿，这才满意地笑了笑，重新弯下腰去，把扁担搁在肩上准备起身了。

“咳！咳！”

我忽然省悟到，聚拢在心头的愁云不知何时早已消散。此刻，自尊心警告我不能让她看到自己这副失魂落魄的模样。于是，我顿时煞有介事地干咳了一声，故作从容地走下老坎。这一切当然都是在短短的一刹那间发生的。哈丽黛闻声机警地抬起头，一看是我，便放下扁担嫣然笑了。

“您也打水？”

“怎么，难道您觉得稀罕吗？”

“不，我是说……达吾提也真是的，他怎么好意思让您这个新来村里的客人打水呢？”

“不，不，这您可不能错怪了他，是我自己执意要来的。”我不知自己为什么忽然间要撒谎。

“是吗？”

我努力点了点头。“我看见您来挑水，就把他肩上的扁担抢过来了。”

我清清楚楚地看见，一抹红云，立刻浮上了她的双颊。她先是猛然用双手捂住了脸，然后慌乱地埋下头，担起水桶急匆匆地走了。我怅然望着她消失在老坎上的背影，轻轻地叹息着。甚至为自己最后那句不无冒失的话感到后悔……

我终于懒洋洋地打上两桶水，颤颤悠悠地走上老坎。直到这时，我才感到浑身竟是这样的困乏——双臂简直就不是自己的——木木然毫无知觉。掌心好似捏着两把炭火，火辣辣地烧痛。其实老坎离村口并不远，我却觉得自己好像经过长途跋涉，终于走完了一趟艰难的旅程，好不容易来到村口。

“怎么样，我的勇士？”

达吾提忽然大声嚷嚷着从村口那片小白杨林里窜了出来，得意地望着我。嗨，你瞧吧，还有什么值得他这样开心的事？

“什么怎么样？”

“我说你征服她了吗？”他狡黠地望着我。

真没趣。我扫兴地摇了摇头。

“不对，你放下水桶说说到底是怎么回事。”

说着，达吾提就从我肩上把扁担举起来放到了地上。唉，这个讨厌鬼。我没好气地三言两语把刚才的经过给他讲了一遍。他听着听着两眼忽然闪射出兴奋的光彩，在我肩上重重地拍了一掌：

“我说的么。她刚才进村时只顾笑着；连我这么个大活人都没瞅见呢。成了成了，不然这事随便搁在我和村里的哪个小伙子身上，非要挨她一顿痛骂不可的。啊哈，看来我的这一招还不赖嘛。可惜没能早几天。这下妥了，我今后就让你们俩每天傍晚在泉头相见。哈哈哈……”

啊，事情原来是这样的，可我怎么就把人家的一片善心猜度那般坏呢？我摸着被达吾提拍得生痛的肩膀，心中感到万分愧疚。我知道此刻我的双颊一定烧得绯红。然而达吾提却没有注意到我的脸色，只顾沉浸在自身的欢乐之中……

待到我们把水挑回家时，阿依夏木汗大妈早已把捞面下了锅，却没有凉水过面，正急得在锅台旁团团转呢。

“哎哟哟，我的宝贝们哟，你们怎么挑担水比走趟麦加还慢呀？快点，快点，我的捞面都要熬成粥了！”

“妈，可不是么，这担水我们就是打麦加挑来的呀。”

达吾提向我诡谲地眨了眨眼。

阿依夏木汗大妈一边在锅台上忙碌着，一边絮絮叨叨地埋怨着儿子：“唉，瞧吧，要是这个捣蛋鬼早点挑来，我下的面捞上来准能像头发丝那般又细又有嚼劲。可是你瞧，唉，……孩子，万莫笑话我做饭的手艺没你亲娘高明哟。唉，可也是，谁让我糊里糊涂地这么早就把面下了锅呢……”

四

“走吧朋友，咱俩去挑趟水。”

第二天傍晚，达吾提挑起水桶望着我神秘地笑道。也许因为达吾提的话正中下怀的缘故吧，他今天的眼神和笑容在我看来忽然变得那样的可亲可爱。然而我那亲爱的阿依夏木汗大妈一听这话便把达吾提训斥了一通：“你倒真好意思呀，咹？哪有叫客人去挑水的……”

“妈，您放心好了，我绝对不会让您的客人沾水桶的边。谁叫他是我的好朋友呢，我只是想在挑水的路上和他聊聊罢了。”

我万万没有想到像他这么个大小伙，还有给妈妈撒娇的这等好本事呢！当然，此刻也只有我心里明白这一切都为了什么。

“噢，你们俩成天形影不离，还有什么说不完的话呀？”

“妈妈……”达吾提已经是在央求了。

“好吧，好吧，可别误了我做饭。唉唉，怕是再过两天，你们俩的肚脐都要联到一起去了！”

……

当我们兴冲冲地来到村口时，哈丽黛正好向老坎下走去，那紫红色的晚霞衬托着她那美丽的身姿，活像一朵亭亭玉立的红玫瑰。我几乎是从达吾提的肩上抢过扁担赶到泉头的。

哈丽黛已经汲满了两桶水放在泉头，正在泉水涌流出来的溢口洗脸。她见我挑担下来，仰起滚着晶莹水珠的面庞，温柔地笑了：“我知道你一定会来的。”

这一句话对我来说是多么珍贵呀。我至今闭起眼来都能清晰地记起她当时那般甜蜜的笑容来。我当下立刻放下水桶，就在她对面的草坪上坐了下来。四周静悄悄的，唯有泉眼里的水，在带着大地心底的羡叹汩汩喷涌。层层涟漪却在悄无声息地用它柔软洁净的手掌，轻轻抚摸着哈丽黛那被渐渐暗淡下去的晚霞倒映在水面上的模糊身影……

暮霭正在静悄悄地朝水塘那边的小柳树林梢垂来。第一只青蛙已在水塘那边呱呱鸣了两声，于是，忽然间所有的青蛙都兴致勃勃地唱起了夜的序歌。啊，多么美好的大自然。我忽然觉得，其实自己在冥冥中早就意识到会有这样美好的一刻的来临。然而，当这一刻当真降临在我的面前时，自己却觉得它来得这样突然，以至于不知如何是好了。喏，此刻，我默默地凝视着她的眼睛。我从她那温存的眸子里，看到了一颗扑扑跳动的心，看到了我的希望，看到了我的幸福……然而，我只是默默地望着……也许，在这种时刻，任何言词都会显得多余？

“您以后每天都要来挑水吗？”

还是哈丽黛先打破了沉默。她笑着，双颊依旧浮起一抹淡淡的红云，一双乌黑的大眼睛忽闪着，正以期待的目光望着我。

“嗯，要来的，当然要来的，我宁愿天天和您坐在这里。”

我努力点了点头。是的，我当然要来的。这里有明净的清泉，瑰丽的晚霞，还有可爱的哈丽黛，和她那深情的眼睛。我当然要来……

哈丽黛羞涩地埋下头去，然而笑了……

“啊哈，你们俩躲在这儿探听泉水心底的秘密吗？”

就在这时，一个俊俏的少妇调皮地挤着眼睛走下老坎来。哈丽黛立刻慌乱起来，“我该走了。”她对我悄声说了一句，便过去挑起了水桶。“是啊，古丽江姐，探听秘密您可是行家里手，我不懂泉底还会有什么秘密，劳驾您探明以后可别忘了告诉我一声。”她话音未落，人却已经飘然走上了老坎。我若有所失地目送着她那渐渐隐去的背影……

从此，连着两天我总和那位少妇在泉头相遇，却不见哈丽黛美丽的身姿。为此，我以种种猜测使自己难过；又找出种种理由安慰自己。每一天从黎明起就要急切地盼望傍晚的降临；而度过那一天的时间又使我觉得分外漫长。然而，当我好不容易盼到傍晚，等候着我的却是失望。于是，我只好独自一人在那块绿色的草坪上茫然坐上一会儿，便与清泉、草坪依依惜别……

第三天傍晚，我悄悄提前来到了泉头。然而仍不见哈丽黛的身影。我汲满了两桶水搁在泉头，怅然坐在泉边那块草坪上，默默望着不住喷涌的水花出神。“啊，果然是真的！”忽然，一个苍老女人沙哑的声音从背后响了起来。我莫名其妙地抬起头来，只见一个五十来岁的老妇人正走下老坎。我进村以来还从未见过这位老妇人，可是我从她肩挑的扁担和水桶，立刻认出了这就是我早已听说过的哈丽黛的妈妈——帕夏汗大婶。只见她脸上的每一道皱纹里都升腾着阴郁的云翳，两只老眼里闪射着异样的寒光。我本能地感觉到情形有点不妙，便匆忙起身向水桶走去。然而，帕夏汗大婶却已赶到了我的面前。

“喂，傻小子，你呆在泉头愣盼着谁呀，咹？”

“我？……不等谁。嗯……只觉得这泉水怪好玩的——往外汩汩冒个不住。我们城里可是见不到这样好玩的泉水……对了，您是要我帮忙打水么？不用？那我就走了……”

我慌乱了，也不知自己说了些什么，挑起水桶正准备逃离，却被帕夏汗大婶喝住了。“你给我站住！”她恶狠狠地望着我，从牙缝里说道，“告诉你傻小子，往后少来勾引我女儿！你知道吗，我女儿今年才刚刚满十五岁。就是当真有朝一日要出嫁，我也决不会让她嫁给像你这样一个流浪汉。你以为你是个知识青年，了不起，是吗？你连一间栖身窝棚都没有，就打起我女儿的主意来了呢。哼，没那么好的事儿，少做你那蘸着天鹅肉汤泡馕吃的美梦吧。我的女儿只配嫁给那些城里的干部、工人什么的。嫁不到城里，那我宁肯让她守在家里，也绝不嫁给你……”

就在这时，那位少妇又笑嘻嘻地走下老坎来。于是，帕夏汗大婶指着我的鼻子喝道：“滚，快从我眼前滚开！哼，多嘴婆子……”说完睬也不睬那位笑盈盈向她走来的少妇，自顾弯着腰汲水了。

一切我都明白了。对这样一个蛮横无理的妇道人家，我又能说些什么呢？我只是狠狠瞪了一眼那位悠然自得的少妇，挑起水桶狼狈地走上老坎。我的心里却愤愤不平：“哼，你走着瞧吧，帕夏汗大婶，总有一天我会让您亲口说着‘噢，我的吐尔逊江孩子’来找我的！”

两天以后，我在通往大队供销社的路上遇见了哈丽黛。我并不想拿她母亲的粗暴无礼来挖苦她，使她难过。只是关切地问她这几天怎么没去挑水。她的脸颊顿时变得通红，默默埋下头去。沉吟良久，才嗫嚅地说：“……请您……原谅，我……还有点小事……”于是，艰难地迈开细碎而蹒跚的步履，缓缓地离去了。我痛楚地叫了两声，她却没有回头……

从此，我再也没见她去挑水了。她白天总是躲在鸡鸭场里，晚上从不出门。几次和我相遇，老远就躲开了。我渐渐恨起她来，决心再也不理睬她了。有时甚至还要在心里愤愤骂上几句：“哼，人家叫她‘小母鸡’！那算得了什么。我要叫你‘老母鸡’哩！”然而在这样一个小村里，人们总是低头不见抬头见，我们俩常常都要邂逅。每当这时，我就要竭力克制住自己不去看她；而她却总是胆怯地埋下头去，脸色变得苍白，悄无声息地从我身边匆匆走过。有一次我们正好在那座通往水塘的木桥上相遇。两人几乎是在桥上擦身而过。过了桥后我禁不住回过头来想偷眼看看她的背影，谁知她也恰恰在桥那边停下来，正默默地望着我呢。显然，她也没有料到我会在此刻回头看她，顿时显得那样慌乱——几乎是惊慌失措地扭过头去，飞快地跑进了小柳树林……

五

时间一晃就过去五六年（我离开农村也快三载了），如今我即将大学毕业。这么说吧，我是乘暑假回家之机，于今天下午赶到我曾经生活过的第二故乡来的。我亲爱的阿依夏木汗大妈见到我时的那股高兴劲就甭提了。然而她老人家一听我说明早就要匆忙赶回城里，便禁不住难过起来，非要留我多住几天不可。可我的假期眼看就要结束了，我在这里多住一天就意味着迟到。我向达吾提求援，不料我的朋友这次却坚决站在他母亲一边。显然，问题变得复杂起来。可也是，他们的盛情我怎么好推却呢，何况我这还是离开后第一次回来……我忽然记起了达吾提的绝招，于是，当下我也娇声娇气地央求起我亲爱的阿依夏木汗大妈来——请求她老人家允许我明天返回。我甚至向她老人家起誓，以后年年都会来看她的。我现在才明白了母亲的心肠原来是这样的慈善——大妈竟经不住我三求两求就软下口来了。于是，我们就围着餐桌兴致勃勃地谈起了自己的各种趣闻轶事。

不知怎么一来，我们的话题转到了哈丽黛身上。也许是因为阿依夏木汗大妈刚刚十分快活地提起当年我和达吾提一块儿去挑水就是老半天，害得她老人家下在锅里的面都没法捞的那段往事而引起的吧！反正确切的起因我已记不起来了。但是提起她的名字，我的脸颊却忽然怪不自在地烧了起来。也不知自己是在为此感到羞惭还是厌恶。我几次想把话题巧妙地从她身上引开，然而在我心底却又忽然出现了一个顽强的声音："不要打岔，听听她的命运如何，我很想知道！"我甚至觉得，就在我心底发出呼唤的地方，正在轻轻荡起一股甜蜜的波澜……

"她呀，如今还是十五岁呢。"是的，达吾提就是以这样的口吻谈起哈丽黛的。"真的，咱那帕夏汗大婶不管见了谁还是那么一句老话：'我的哈丽黛呀，刚刚才满十五岁呢！'可是和她一拨儿大的姑娘们早就一个个出嫁走光啦，有的都已经做了孩子他娘，你道是好笑不好笑？……"

达吾提并没有注意到我亲爱的阿依夏木汗大妈早已缄口不语，而且脸色也沉了下来，却只顾以极其刻薄的口吻兴致勃勃地向我叙说着哈丽黛的近况。我知道此刻达吾提完全是为了使我内心得到某种满足，才这样奚落着哈丽黛。然而，不知怎的，一种莫名其妙的预感正驱使着我时而望望大妈的脸色，时而望望谈兴正浓的达吾提，心里有点忐忑。

"孩子，姑娘家总是弱者，你可不能这般损人啊！"

阿依夏木汗大妈终于厉声打断了儿子的话。这是我这些年第一次看到慈祥的大妈也有这样声色俱厉的时候。达吾提惊奇地打住话题朝我吐了吐舌头。阿依夏木汗大妈顿了顿，重新披好头巾，脸色渐渐变得温和了。“孩子，”大妈这次是对我说话了。“孩子，过去我对哈丽黛这闺女的看法比谁都坏，我觉得她是那号‘攀不上穿新靴的，看不上拖旧靴的’姑娘。可是，自从那次，我对她的看法完全变过来了。有时我想起来还为自己过去错怪了她而难过……”

大妈又一次顿住了。我和达吾提面面相觑。我看得出她老人家一定是在极力克制着蕴藏于心底深处的冲动。餐桌上出现了短暂的沉静。稍许，大妈方才深沉地向我叙说起来：

“这还是那年秋天你上大学离开村子的当天夜里的事儿了。达吾提当时吃罢晚饭像往常一样到街口那儿听人家聊天去了。院里就留下我一人。我坐在阳台上乘凉，忽然有一个人影在大门口出现了。你是知道的，咱家的灯从来都是搁在窗台上的，虽说能够照亮葡萄架下，但大门口那边仍显得有些昏暗。我自己又刚好坐在亮处，所以一时没看清是谁。‘谁呀？’我说，‘请屋里坐。’可是那人不吭不响地立在那里。这下我纳闷了，便起身走了过去。‘是我，大妈。’那人这才在黑暗中怯生生地应了一声。我听得出是个姑娘的声音，但没辨出是谁家的闺女。待我走到近前一看，竟是哈丽黛！我请她进屋里坐，她却硬是不肯。唉，这个可怜的孩子……我知道她是个从不轻易走家串门的姑娘，准是有什么事才登门的。我就问她：‘闺女，是不是你娘有什么要事差你来找我？’她却摇了摇头，顿了一会儿，才好不容易开口说：‘大妈……吐尔逊江……，我……我是想和他告别一下……’‘哎呀！我的好闺女，他今天下午就进城了。’谁知我这么一说，那姑娘先是一怔，随后一下扑过来搂住了我的脖子，失声哭了起来。霎时，热乎乎的泪水打湿了我的肩头。少顷，她忽然推开了我，疾步跑出了黑洞洞的大门……唉，可怜的姑娘。从那以后，她娘再也不让她挑水了，总是自己拖着一把老骨头上泉头去……”

看来随着岁月的流逝，一切记忆都会变得淡漠的。哈丽黛留在我记忆中的印象正是这样。然而，我亲爱的阿依夏木汗大妈的这段故事，却勾起了我对她的强烈眷恋——我记起了她那美丽的身姿，含羞的笑容；甚至清晰地想象出她那挥洒在大娘肩头的串串泪珠，和啜泣着隐没在漆黑的门洞外边的身影……我恨不得即刻就能见到哈丽黛！然而，遗憾的是，这一天她恰恰上县城买鸡瘟疫苗去了。

傍晚，我特地和达吾提一道来到泉头挑水。这里的一切依然如故——泉水仍旧带着大地心底的羡叹汩汩喷涌。那块绿茵茵的草坪活像一块绿色的地毯把泉边点缀得格外美丽。而木桥那边的水塘还是和过去一样，一汪绿水默默映照着高深莫测的天空。唯有那片昔日的小柳树，如今一棵棵长得枝繁叶茂，在水塘彼岸好像立起了一堵巨大的绿色屏障。只是这阵儿看不见哈丽黛的身影闪现。我和达吾提汲满了水，把水桶搁在泉头，便坐在草坪上。望着周围的一切，我心中升起了一股无限的惆怅……

正在这时，一位瘦弱佝偻的老妇人挑着水桶走下老坎来。我一眼就认出了她。那老妇人吃力地汲满两桶水，抱着扁担直喘气。暗淡无神的目光却朝我扫了过来。“喂，达吾提江，你身旁是谁呀？”她喉咙里充满了咝儿咝儿的哮喘声，那副本来就沙哑的嗓门已经越发暗哑了。但是还没等达吾提介绍，她就认出了我。“哎哟，瞧这不是吐尔逊江嘛！孩子你可是什么时候回来的？已经大学毕业了吧？没有？不过还算你有良心，没有忘记乡亲们。那年你可是连一声告别的话都没有留下就悄悄溜走了呢。这下可好了，无论如何得到我们家去做客。不要老是把你的阿依夏木汗大妈搁在心头，把我们当作外人来看待。听到了吗？达吾提江，你可要把你的朋友带到我家去……”

我说不出心里是什么滋味儿。刚才激起的对哈丽黛的留恋之情忽然间烟消云散了，代之而起的是一种莫名其妙的冷酷和嘲弄。我甚至想亲眼看看她那刚满十五岁的姑娘如今是个啥模样。然而这是不可能的，明天一早我就得赶回城去……

六

我已经是个有家有业的人了。我时常还对爱人说起我曾经生活过的第二故乡，和我那慈祥善良的阿依夏木汗大妈。是的，那年我还向她老人家起誓年年要去看她呢。可是，咋料到工作和生活就像两根绳子，牢牢缚住了我的手脚，竟使我丝毫动弹不得。如今达吾提朋友来信说他也成了家，我亲爱的大妈早已欢欢喜喜抱上了孙子。我觉得再不去看看他们，实在不近人情。很久以来这事一直使我内疚不安。想不到这次我们两口子双双要求提前探亲的申请都顺利获准了。我们终于从遥远的乌鲁木齐启程前往想念已久的家乡。

当我们在村口的公路上下车时，我不禁感到惊讶，生活确实给这里带来了巨大的变化。然而，我却执意寻找着我所熟识的当年的痕迹。瞧吧，在眼前这片密密丛丛挤在道路两旁、昂然伸向天际的白杨林中，就有我亲手栽下的幼苗。它们仿佛在柔声絮语地欢迎我这个久别的亲人，阵阵微风过处，撒下一片欢快的树叶簌簌声。而我曾经挥洒过汗水的广袤田野，向我敞开了宽阔的怀抱，好像恨不得要立刻把我贴在自己绿色的胸前，热烈地亲吻着我的足迹。一只百灵鸟在近处的某一家花园里婉转歌唱，一只杜鹃在村外的田野上声声啼鸣……

我深深地吸了几口乡村的清新空气，带着爱人向村里走去，被浓荫覆盖着的街道两旁，露出一扇扇幽静的院落大门。偶或有三三两两的人们在聊天，他们先是用诧异的目光打量着我们——我离开这里毕竟有不少年头了嘛，当然让人看着眼生啰。然而，感谢可爱的乡亲们，看来我并没有被他们忘却。他们马上都认出我来，纷纷上前热情地邀请我们进屋做客。可是我执意要先去见到我那亲爱的大妈，乡亲们挽留不住，于是无论如何要我们临走前到他们各家做客。

从进村口以来，这儿停停那儿站站，已经过去了不少时光。我爱人被这一切深深感动了。她说她万万没有想到在这样一个偏僻乡村里，人们居然还会如此诚挚而热情地欢迎一位在这里仅仅生活过几年的异乡青年。其实我也被这一切深深感动着，一时很难向她解释什么，只顾忙于回敬人们的热情问候。

前边就是我所熟悉的小十字街口了。我和达吾提曾经每晚吃罢饭都要在这儿坐上一会的。此刻一群少女正围拢在那里，清脆悦耳的笑声阵阵传来。然而当我们一走过去，她们便止住笑声用好奇的眼光望着我们。她们当中似乎没有一个我认得的。不过这也难怪，我那会儿认识的少女们这阵早该出嫁走光了呢。这群少女当时一定都还是些小姑娘，女大十八变，我哪能认得出来呢。然而，正当我带着爱人从她们身边走过时，忽然传来了一个兴奋的喊声：

“吐尔逊江！”

我和爱人惊奇地收住了脚步。我把这群少女重新认真打量了一番，仍然没有从中发现一张熟悉的面孔。这可就奇了，难道她们之间还能有谁记得我吗？抑或是我听错了声音？可是难道连我爱人也听错了吗？

“果真是您，您好！”

正在这时，忽然从少女群中走出一位妇女。她身材枯瘦，穿着一件鲜艳的连衣裙，简直就像挂在衣架上一样。黧黑的脸庞上皮肉显得松弛，嘴角眼尾都布满了皱纹。看上去很难断定她到底是几个孩子的母亲。我和我爱人都感到愕然，面面相觑——我不知自己刚才怎么就没有发现，在少女们中间还掺杂着这个妇女。尽管我极力搜寻着自己的记忆，却怎么也没能想起她到底是谁。

“怎么，难道您不认识我啦？”

唉，我这该死的记性，人家明明记着你，而你却把人家忘了个一干二净。这可是一件多么令人难堪的事呀！我只好横了横心，问道：“对不起，请问您是……”

“我？我……我不就是哈丽黛么！”

啊！难道是她？我浑身猛然一震，禁不住轻轻摇起头来。我简直不敢相信自己的眼睛——自然的法则难道当真这般无情吗？你瞧，往昔还是一朵喷芳吐艳的红玫瑰，如今却只剩下凋零的枯枝……

“这位是……您好！”哈丽黛忽然记起了什么似的，望着我爱人歉然笑了。在她挂满笑容的脸上，顿时出现了一张纹路细密的蜘蛛网。一抹淡淡的红晕挂在蜘蛛网上。

“海丽茜姆，是我爱人。”

“哦……认识您很高兴，我衷心祝愿您永远幸福……”

哈丽黛用充满痛苦的眼神看了看我，便埋下头去。须臾，她忽然抬起头来，嘴唇嗫嗫翕动着，也许还想说些什么，然而双眼已噙满晶莹的泪花。她轻轻咬住下唇，急忙扭身匆匆离去了。还没走出几步远，她的双肩就抖动开了。随即她猛然跑了起来，还隐约传来了尖细揪人的歔欷。不一会儿，她便消失在那边的小街口上的拐弯处了……

“唉，可怜的姑娘……”这是少女们发出的轻声叹息……

我静静地伫立在那里，默默目送着哈丽黛的枯瘦背影。然而，在我眼前晃动的，却是她那忽而似一缕轻风飘进静静的小柳树林，忽而匆匆隐进晚霞映染的老坎上面，忽而轻盈走过塘上的木桥，忽而又啜泣着消失在漆黑的夜幕后面的丰满迷人的背影……哦，十五岁的哈丽黛哟，我曾经多少次默默地目送过您那美丽的背影。那时在我心中有过欢乐，有过惆怅，也有过恼恨；然而，我万万没有想到还会有这样的一天呀……

“你怎么了？”许是我的脸色变得很难看，爱人轻轻拽了拽我的袖口，小心翼翼地问：“她是谁？”

“哦，她是个美丽的姑娘。”我慢慢点了点头，望了望爱人不解的目光。“一切我都会告诉你的。”

于是，我深深吸了口气，带着爱人向大妈家走去……

蓝鸽，蓝鸽

一九六×年，夏

“喂，走呀，咱们到伊犁河边，看看咱们那块领地去。”

“我怕妈妈知道了又会……”

“嗨，就你有妈妈！”

“就你妈爱管！”

好厉害的小女孩。他有点动摇了。

“可我这弟弟怎么办？”

“把他送回家去。”那小男孩不假思索地说。

“可是，把他送回家，妈妈就不会让我出门了……”

“真是，这有什么难的，把他也带上。”

“他会走不动的。”他发愁了。

“走，咱们几个轮流背！”

你真行，小女孩……

哦哦，你就是伊犁河？我怎么不认识你？你的胸膛怎么会这样的宽阔？你的水波怎么会这样的浩淼？……

一群小朋友欢呼着奔下高高的陡岸，犹如孩子扑向母亲的怀抱——扑向了伊犁河。在褐色的陡岸上，一霎时竟扬起了一股小小的烟尘。小弟弟也在他们中间。他始终被小女孩牵着手。

而他，却站在高高的陡岸上。不知怎的，当那在强烈的阳光下银链般闪烁的伊犁河水突然展现在眼前时，他的双膝竟会是软酥酥的，丝毫也抬不起脚来。他隐隐觉着，一条温暖的河流开始在他心底涌流。两行莫名的热泪夺眶而出，顺着他那柔嫩的双颊潸潸流下……

然而，他并不是第一次到这伊犁河边来……

“喂，贾兰斯，快下来呀！”

伙伴们在呼唤他。

他清醒过来了。伙伴们已经在陡岸下的河滩上等候着他。他不能跑，他的双膝依旧是软酥酥的。他只得一步步朝陡岸走去。

“喂，贾兰斯，你快点！”

伙伴们直催促他。

他是想快点来着，可是双脚就是不听使唤，又有什么办法呢。他真想大喊一声：“你们先走吧，在渡口那边等我！”然而他不能喊，只要他一张嘴，就觉着自己准会呜呜地哭出声来的。他咬紧了嘴唇，努了努力，试图一口气跑下这个陡坡。可他刚刚跑出去两步，双膝一软，竟跪在那里了。他沮丧极了。他需要镇静。他向伙伴们挥了挥手，示意他们先他一步到他们那个在渡口下边的领地——绿草滩上等他。只有小女孩似乎领会了他的意图，只见她向伙伴们说了句什么，领着他弟弟第一个向那渡口下方的草滩上走去。于是，伙伴们跟着她冲向草滩。弟弟却时不时回过头来朝他这边张望。哦哦，你真行，嘉娜，你真行，小女孩……

他站了起来，拍了拍膝盖上的土，向陡岸下走去……

六月的伊犁河还没有被从冰山上融下来的雪水搅浑。然而，它依旧是那样一泻千里，气势磅礴。由两只大木船并起的一条古老的渡船，正从对岸缓缓地移来。木船是被一条硕大的铁链滑轮固定在一条横跨河面的钢缆上的，渡船上栖着两辆拉煤的卡车，三五套马车。那满船的人，却像一群活泼的麻雀，乍一看去，显得那样的渺小……

你真宽，伊犁河……

他还在暗暗地赞叹。

弟弟迎面跑过来了。他跑步时的姿态竟是那样的可笑，又是多么可爱呀。

“哥哥，那是什么？”

小家伙已经跑得有点喘不上气来。

“是渡船，弟弟。”

他匆忙迎上两步，抓住了弟弟。

“那渡船上的是什么？”

“汽车。”

“不，那个——”

“马车。”

“不，那不是还在动嘛！”

“噢！那是人。是人，弟弟。”

“是人？嘻嘻……我还以为是蚂蚁呢。哥哥，那些人为什么那么小，他们上了岸会比我大么？”

他冲着弟弟宽宏地笑了笑，并不作答。

他的目光依旧停留在河面上。他顺着水流朝下游望去，那滔滔的河水在冲过了那座被遗弃了的造船厂后，忽然间分出了无数条汊子，将那些生着荆棘、水柳的大地，随心所欲地切割成参差不齐、纵横交错的洲岛。于是，十分惬意地浏览着自身的创造，奔流而去。然而，河的主流却直冲那逶迤起伏于右岸的高高的土崖群下袭去。高高的土崖群宛如一张劲弓，将河水拢在自己的弓弯之下。弯弓的另一端恰好隐没在河心岛屿的丛林背后了。正是从那若隐若现的地方，升腾着一股白色的烟柱。那一定是扎依木克了，是从木材厂升起的烟柱，他想……

他已经镇静下来了。他的双膝也恢复了力量。他走到了伙伴们下水游泳的地方，唯有小女孩——嘉娜没有下水。

“你怎么没有下水？”他说。

“我怕你弟弟会哭。”

“你会哭么，弟弟？”他说。

“我才不哭呢！”弟弟使劲晃动着小脑袋。

他满意地用食指勾了勾弟弟的小下巴颏儿。

“可是，你自己为什么哭了。”

“谁？”

“你。”嘉娜专注地审视着他的面庞，说。

“没有的事。”

“那你脸上怎么会留下两道泪痕？”

“不不……”

他慌了，匆忙脱下衣服，一个猛子扎进了河里。他要用河水冲去脸上的泪痕。真是的，刚才眼泪怎么就会溢出来呢？而我却全然不知……

你真厉害，小女孩……

汹涌的河水一下子把他冲出去老远。他顺流而下，在下游很远的地方游上了岸。通常伙伴们也都是从这里上岸的。

于是，他们会重新走回他们的绿草滩，在那里躺上一会儿，晒晒太阳。然后，像条鱼儿那样，再次扎进河里……

当他爬上岸来的时候，脸上的泪痕就被河水洗涤一净。留下的，只是一道道的水迹。

伙伴们一个个都躺在草滩上了。他望了望河面，只有嘉娜一人朝岸边游来。原来你也下水了，小女孩。

“喂，贾兰斯，快过来呀！躺在草滩上晒太阳可真舒服……”是那个小男孩——叶尔肯在冲他喊。

他来到了伙伴们身边。绿茵茵的草滩上开满了一丛丛蓝色的马兰花。在马兰花丛中乱扔着他们一堆堆的衣服。弟弟正在一丛马兰花前认真地摘花玩赏。他没有即刻躺下，只是在伙伴们近旁寻了个落座处坐了下来，默默地望着河面出神……

渡船就要靠过来了……

“哥哥，哥哥，你瞧那些人又长大了！”

弟弟好像突然发现了什么人间奇迹似的，手捧着一束马兰花，兴奋地呼喊着奔了过来，指着已经靠岸的渡船上的人群给他看。

他笑了：

“是么？这么说，你的蚂蚁长大成人了？”

“噢——噢！人长大喽，人长大喽！”

弟弟快乐地将手中的马兰花束抛向天空，顺势在草滩上打了个滚爬了起来，仿着马儿撒欢的模样满草滩地乱跑起来。

他终于仰面躺在草滩上了。

“你们说，咱们也会长大成人么？”

突然，“老汉”瓮声瓮气地说。其实他才十岁，鬼晓得他的嗓音会那么粗，所以大伙儿都唤他“老汉”。

“当然会长大的。”

叶尔肯肯定地说。

“那你长大了做什么？”又是“老汉”瓮声瓮气的说话声。

“我嘛，当个科学家！”

“你呢，穆沙。”

“我？”向来不爱说话的穆沙先是一怔，犹犹豫豫地说，“我想开飞机……或许，我去开火车？不知道。我可能只配去开汽车了……”

“你呢，‘老汉’，你自己打算做什么？”

“我……我想当个医生。”

“哎哟哟，我听见了，你真好，‘老汉’想当个医生，有多棒！喂，你们都在说些什么呀？”

嘉娜回来了。她像一只刚刚爬上岸来的水貂，浑身水亮亮的。她一屁股坐在伙伴们中间，快乐地咋呼起来：

“快说说，你们都在谈论什么？”

叶尔肯坐了起来，装出一副故作神秘的样子抢先开口了：“我们呀，在谈论自己长大了要做什么。‘老汉’的理想嘛，刚才你也听见了——他是想当个医生。穆沙呢，又想开飞机，又想开火车，还想开汽车。总之是要开个什么东西吧。我呢，一定要当个科学家。就是这么回事。你自己倒是想做什么呀，嘉娜？”

“我要当老师。那时候，我也会像阿依木老师管教咱们一样，去管教一拨淘气孩子读书、写字。咦，对了，叶尔肯，你怎么没有说起贾兰斯呢？”

“对了，我们几个刚才也忘了问他了。”

“是么？瞧你们几个。贾兰斯，你长大了想做什么？”

“嗯？”

贾兰斯微微抬起头来望着她，看来他是一直沉浸在自己心灵世界里了，所以没有听清小女孩在问什么。

“我是说，你长大了想做什么。”

“唔。不知道。”

“你骗人。”嘉娜噘起了小嘴巴。

“真的。我真不知道自己长大了会做什么。”

“难道你不去想这些事儿？”

“想是想啊，但总也想不出个头绪来。”

小女孩颇为失望地望了他一眼，仰面躺在草滩上了。忽然，她又坐起身来，冲着他说：“你瞧，贾兰斯，我这颗牙快掉了。”他看到了，是有一颗松动的牙。他笑了笑，却侧过身子，用一只胳膊支起脑袋，凝神眺望着远方……

一群蓝色的野鸽，从下游河岸土崖群那高高的崖壁上的一个洞口里飞出，低回着朝河面飞来。看来，那崖洞里有它们的窝。它们是受了什么惊动，还是突然来了兴致，要在这午后的长空舒展一下它们的双翅？不知道……

鸽群贴着水面溯流而上。它们忽悠的双翅看看就要沾在起伏的浪端上了。倘使此刻还在游泳，待得鸽群飞近时，只要从河水里猛然挥出手来，一定可以让一只蓝鸽栖息在你大拇哥[①] 上的。他想……然而，鸽群在飞过他们的草滩近旁的刹那，忽然整体拉出一个漂亮的菱形轮廓，直向那湛蓝湛蓝的天穹深处飞去。于是，鸽群的队形在不断地变幻着。那不同于碧空色彩的蓝色的群体倩影，十分洒脱地辉映在蔚蓝色的天幕上空。他目不转睛地凝视着蓝天上的鸽群，追逐着那蓝色魂灵的踪迹——他彻底被蓝鸽迷住了……

啊，蓝鸽哟，蓝鸽……

“哥哥！哥哥！”

传来了弟弟的哭叫声。

他霎时从碧空收回了视线。是弟弟在哭。

“哥哥，桥走了！哥哥……”

弟弟不知什么时候跑到渡船上去的。渡船已经离岸了，他站在渡船边上又哭又喊。

他跳起身来奔向了渡口，一边跑，一边喊：

“不要怕，弟弟，不要怕。渡船还会回来的！”

渡船上有几个大人把弟弟围在了中间，似乎在安慰

① 大拇哥：方言，即大拇指。

他。渡船已经快要到河心了。

他一屁股坐在渡口的一块大石头上，继续在碧空中搜寻着他那蓝色的魂灵。然而，却不见蓝鸽的踪影。莫非它们化入蓝天中去了？……

他轻轻叹了口气。

他感觉到，背后似乎站着一个人。他回过头来——嘉娜，那个小女孩，哦哦，你怎么来了，小女孩……

嘉娜冲他笑笑："他怕了，小家伙，晚上回家说不定要告妈妈的。你瞧，我这颗牙就要掉了。"

妈妈？对了，他会告妈妈么？蓝鸽已经消失了……

当渡船重新靠岸的时候，是老艄公牵着弟弟的小手上岸的。弟弟还在时时惊恐地回望着那只泊在渡口缓缓漂动的古老渡船，似乎还不敢确信自己是否当真踏上了河岸。

弟弟终于在渡口嘈杂的人群中发现了他和他的一群小伙伴。弟弟禁不住又委屈地哭了。

"那桥、那桥，走……走了。我怕，我怕呀哥哥……"弟弟嘤嘤地说。他把弟弟紧搂在怀里，给他揩着眼泪。

"别怕，好弟弟，别怕，你这不是已经上岸了么，走，咱们还到草滩上玩去。"

弟弟止住了哭，点点头。

"过来，小家伙。"

嘉娜在叫弟弟。弟弟顺从地走了过去。

"刚才你说什么走了？"

"桥走了。"

"哈哈哈……"嘉娜大笑起来，"好好，真有你的，小家伙，你的桥可真棒！告诉你，晚上回去可不兴告诉妈妈。记住了？你真是个好孩子。"

嘉娜忽然止住了笑声，朝掌心吐出什么。

"你们看。"

当她把手掌展现在伙伴们面前时，只见一颗白灿灿的乳牙安然躺在她手心里。

"嘿，嘉娜，给我！"

伙伴们还没有反应过来是怎么回事，叶尔肯一把从嘉娜的手心里抢过了那颗乳牙。

"干什么你，拿来，还我的牙！"嘉娜生气了。

"我给你换颗好牙去，嘉娜，反正你这颗牙掉了不是？"

"你上哪儿换？"

"你瞧，上它那儿换去。"

一条小狗正从公路那边奔下草滩来。

"去去，你自己上小狗那儿去。"

"真的，小狗会把好牙换给我们的。笑什么。你们不信？是奶奶告诉我的——奶奶说：'你牙掉了，就夹在一块馕里，扔给小狗，告诉它：把我的坏牙给你，把你的好牙送我。’小狗吃了，就会把它最漂亮的那颗牙送你的。”

“是吗？”嘉娜惊奇地瞪大了眼睛。

“我骗你是小狗。”

“真逗。那好吧，你给我换颗好牙来吧。”嘉娜露出一副骄傲的神情，吩咐叶尔肯。

叶尔肯从裤兜里掏出一小块馕掰开来，把那颗乳牙夹进去，便朝草滩那边的小狗走去……

傍晚，当他和伙伴们分道扬镳，背着弟弟回家时，妈妈忽然从侧里的一个巷口慌慌张张地奔了出来。看来她是在四下里找他们来着。她一眼瞧见他哥俩便嚷开了：

“好呀你们小哥俩，给我跑到哪儿去了，咹？你们是想把我气死，还是想把我吓死？快说！”

弟弟一见妈妈便哭起来：“妈妈，那桥走了。我怕，我怕呀妈妈……”

“什么，什么？桥走了？桥怎么会走，傻孩子。没丢了魂儿就好。走吧，回家吧。”

弟弟一哭，妈妈大概软下心来了，她从他背上抱下弟弟，领着手走了两步，忽然又收住脚步，转过身来审视着他。“你过来。”妈妈说。

他顺从地走了过去。妈妈一手托起他的一只胳膊，用另一只手在他胳膊上轻轻一划，竟划现出一道清晰的白印[1]来，一切都明白了。妈妈顺手给了他一记漂亮的嘴巴。

“好呀你，又背着我跑进伊犁河去了。你淹死了让我怎么办，咹？你说你淹死了让我怎么办？！滚！快给我滚回家去！往后你再敢偷偷跑到伊犁河游泳，看我不把你的脚杆敲断……”

妈妈一路把他赶在前面，一路都在训斥。刚才他挨耳光的那半边脸正在火辣辣地烧痛。不过，他心里并不委屈。他甚至哭都不想哭，只是默默地走进了院门……

一九七×年，春

伊犁河谷的春天是泥泞的。冬雪刚刚融去，雪墒还没有渗尽，那春雨便会一场接着一场下个不休。于是，整个世界变得一片泥泞，似乎永远也不会干了。

他们正是在这泥泞的春天里分手的。其实，他们在去年秋上就已经初中毕业，只是因为学校和教育局方面怕如期完不成战备指挥部下达的挖地道的任务，把他们的分配期限无端地延长了半年。或者说，把他们作为无偿劳动力使唤了半年。

---

① 白印：刚刚游过泳的人，从水中出来以后，尽管皮肤干了，只要在胳膊上拿指甲轻轻一划，便能划出一道白印来。

在同学们中间开始自由结成集体户选择去向的时候，由于他父亲“两个脑袋”问题没有得到解决，很多人都没有主动找他。或许，这可能只是他的一种错觉而已——因为他自己也没有主动找过任何人求情表示要加入他们的集体户。在他内心深处潜藏着一种隐隐的东西，使他心情始终过于沉重。然而，这一切他丝毫不愿向任何人吐露。他下定决心要独自闯荡一方。广阔天地，大有作为，他太相信了。是的，天地如此广阔，何处不会有他一人立锥之地?

那天中午，他独自一人跑到了伊犁河边。伊犁河上时而还有一两块浮冰漂流下来。冻结了一冬的渡船又开始摆渡了。那块曾属于他们儿时的领地——绿草滩，也才刚刚泛青。甚至连一向开花最早的蒲公英，也还没有露出它那金灿灿的面庞来。唯有几头令人生厌的灰驴，在这空无一人的草滩上自由自在地啃啮着青草。

他感到沉闷极了，心里总不是味儿。他想美美发泄一下这种郁结心头的莫名的忧悒。他要游过伊犁河去。对，要游过伊犁河去。这些年来，尽管他没少挨妈妈的斥责和巴掌，但在夏天里他还是常来伊犁河的。而且很早很早就征服了它。他完全可以一口气游它个来回。他现在已经可以说是一个男子汉了。

他脱去衣服，亮出浑身黑油油的肌肤——那都是去年一夏日晒的结果——按照老规矩把衣服码在一丛还没有复苏的马兰花叶上，便走进了浅滩。春日的阳光照在他亮闪闪的胸前，使他感到暖融融的，然而脊背上却还能感到滑过河面的风夹杂的一丝寒意。冰凉的河水在浅滩上激起一层层涟漪，淘弄着在他脚下的五彩斑斓的碎石细沙。涟漪织成的河水触在他的脚踝上，就像一根根冰针，直透骨髓。他禁不住打了个寒战，这才感觉到心里舒坦多了。于是，他将那一层层细软的涟漪踏得粉碎，在浅滩上跑来跑去，舒展着浑身的筋骨。又有一块浮冰漂过来了。这些个姗姗来迟的浮冰！他不屑地望了一眼河心。忽然，他竟像一条鱼儿那样腾空跃起，一个猛子扎进冰冷的河水里去了……

在全身扎入河水的那一刹那，他感觉到一种奇异的酷寒穿过他浑身的肌肤，直透五脏六腑。他的手脚也十分古怪地疼痛起来。或许会要抽筋？不不，他太自信了，他坚信自己的身体是绝对忠实于自己的——就是说，他不会抽筋，绝不会！他有一颗火热的心，可以让任何坚冰融化，可以让任何酷寒退却。这点冷冰算得了什么！是的，他有一颗燃烧的心，他的心所释放出来的热能，足以让整条河流变得温暖，他怎么会抽筋呢！他奋力地挥舞着双臂击水，他现在处在一种从未有过的亢奋中。他相信自己的力量，相信自己决不会葬身鱼腹。他一定要游过河去，游过河去……

一块浮冰直冲他漂来。当他发现时已经躲不及了。不行，丝毫不能慌张——很明显，此刻只要你稍稍慌乱，就会被这块浮冰击个粉碎。你瞧它有多大呀，我的天！简直像座小山！浮冰来势凶猛，已经容不得他有半点迟疑，他迅速从水中抽出双手抵住了浮冰。于是，浮冰裹着他威严地向下游漂去……

他终于清醒过来了。确切地说，他这才透过一口热气来。其实，他心里一直都很清楚。只不过刚才差点死过去罢了。是的，那会儿他的手脚都开始发僵了，但他还是划拉上岸来了。要知道，他和那块浮冰展开了一场多么惊险的搏斗。如果不是凭着智慧，很难料想结局将会如何。他一边死死抵住了浮冰和它周旋，一边暗暗积蓄着浑身的力量，窥视着最为有利的时机。忽然，他像一只灵巧的青蛙那样瞅准了时机一推一闪，在离河岸最近的地方脱离了险境。不然，他那双还嫌稚嫩的胳膊，怎么能长久地抵住巨大冰块的惯性冲击呢。尽管这一系列的动作他是在很短的一瞬间完成的，但若不是这短暂的一瞬，那巨大的冰块将从容不迫地把他顺流带出去很远很远。他甚至在那瞬间里觉着手心都要黏附在冰块上了。然而他最终还是战胜了那块被春天逼迫到绝境的顽冰，从一处浅滩爬上对岸一个小岛了。

小岛上空寂无人。只传来一阵阵麻雀的欢叫声。或许，还会有一两只野鸡隐藏在这里？他想。不过，这会儿就是真有一只野鸡横卧在他面前，他也无心理会它。他太疲倦了。他只是费力地举起手来，勉强抚摸着自己的身子。浑身上下除了一片冰凉，似乎没有任何其他手感。手心是冰凉的，手心所能触到的身体的每个部位也是冰凉的。好在这小岛上的白色沙滩被春日的阳光晒得暖烘烘的。况且，这阵日头也特别的好，他浑身裸露在太阳底下，正在承受着阳光温柔的抚慰。但他不甘罢休，他的手抚摸到了胸口——他那颗心正在有节奏地怦怦跳动着——正是在这里，他触到了一股暖流。不不，何止是一股暖流，分明是一股灼人的热流，是从他那颗燃烧的心窝里溢流出来的热流！霎时，这股强大的热流通遍他的周身。他开始激动起来——是啊，他凭借着这颗燃烧的心，到底征服了漂着浮冰的伊犁河！他不能再孤零零地躺在这荒岛上了。他要站起来！他要站起来……

他终于挣扎着站起身来，审视着自己被冻得红里透紫的身体。他发现自己此刻就像一条被抛上岸来的红鱼。他对自己满意地点点头，笑了。于是，他抬起头来，巡视着他的渡口。他发现渡口留在了上游很远很远的地方。是呀，渡口，你怎么会落下这么远呢。你要让我走多久才能走近你的身边？可是，渡口，你等着，我会走到你身边的。你呀你，渡口……

现在，他才想起应当弄清自己的确切方位。莫非已经到扎依木克了？不然，那渡口看上去怎么会显得这么遥远。他转身向对岸望去。然而就在这时，他突然惊呆了——一群蓝鸽从对岸那高高的崖壁上的洞口里飞出，正朝着他这边飞来。原来他竟漂到了这里！啊啊，蓝鸽，我的神，莫非你们瞧见了我？我可无时无刻不在想念着你们，我是爱你们的，真的……他低声喃喃着，久久地仰望着那蓝色的鸽群。鸽群在他头顶盘旋了很久，越升越高，最后折向南边，消失在蓝莹莹的天际和银色的雪山接壤的线条之间了。然而他依旧出神地伫立在那里……

在一片苍茫的暮色中，他疲惫不堪地走回家中，妈妈问他上哪儿去了，他照实说去了趟伊犁河。妈妈已经不再打他，也不再骂他了，只是会用一种默默的眼光来看他。

也许，母亲已经开始承认自己的儿子长成男子汉了——有些事情就用不着像管教一个小孩似的再去婆婆妈妈了？不知道。反正妈妈不再那么喜欢对他叨叨了。

“你的两个同学等你好久了。”妈妈说。

“在哪儿？”这是他万万意想不到的。

“在屋里呢。”妈妈说。

他忽然为之精神一振，匆忙抢进屋里。原来意想不到的事情还在后头呢——在屋里等候已久的，竟是叶尔肯和嘉娜！我的天，你们是什么时候，又是怎么走到一起的呢？我以前怎么一点也不知道，你们哪怕是一丝迹象也不曾流露呀……。他好像突然觉着自己从此失去了什么。但究竟失去了什么，他自己一时也说不清楚……

“是这样的，贾兰斯，”嘉娜首先十分礼貌地站起身来，“我们几个人组成了一个集体户，我们很想让你也参加进来，你看怎么样呢？”

“我和嘉娜就是为这事儿找你来的。”叶尔肯也起身在一旁说。

“你们坐，你们坐，咱们先坐下来再谈。”

他拿过一把椅子，自己也坐了下来。

“你们的集体户都有谁参加，先说说咱们那些朋友吧。”他说。

“有穆沙。”嘉娜说。

“‘老汉’呢？”他问。

“‘老汉’参加别的集体户去了。”叶尔肯说。

“你呢，你怎么打算。”嘉娜说。

“我？”他突然顿了顿，似乎在问自己，也在问别人。然而，他马上做出了肯定的回答：“我打算谁的集体户也不参加，我要一个人下到一个角落里去。”

“那好吧，我们告辞了。”叶尔肯说。

然而，嘉娜的眼神里流露出一种深深的失望——这只有他感觉到了。瞧她双唇紧闭，一言不发的模样……

后来，这事过去很久很久以后——大概总也过去了三五年，他有一次碰见穆沙聊起他们集体户的往事来，才弄清原来发电厂有一个招工名额，大家一致让给了嘉娜——一个女孩子家，多不容易。可是万万没想到是叶尔肯在背地里捣了她的杆子自己走掉了。而且，进城不到两个月，就以将来嘉娜的城市户口问题难以解决为由，断绝了同她的关系……

这事想来都有点令他心伤——那次他听罢，不知怎的暗自难过了很久。

一九八 × 年，夏末

他是带着家小探亲回来的。是的，他离开这座城市已经太久、太久。可以说，自从那年初中毕业下乡，他很少回到过这个城市的怀抱。他从农村直接上了大学。那还是在“白卷英雄”张铁生出来之前的事了。后来，大学毕业便客居他乡——留在北京工作了。当然，这期间他曾探亲回来过几次。不过，每次他都是忧伤地辞别这个城市的。虽说他回家见到了父母，与亲人团聚，还目睹了这座城市熟悉的轮廓。然而，他每次都不能和那些儿时的朋友欢聚。这不能不使他黯然神伤。看来，任何一座美丽的城市，如果没有你一位可以倾心相谈的知己、朋友，都会在你眼前黯然失色的。有什么办法，那些个朋友也因命运之神的差遣，正是天各一方，成年累月地在为他们的生计和事业奔波操劳。他是没有权利抱怨他们的。

他最后一次探家是四年前的事儿了。

然而这次回来真是幸甚之至，那些个儿时的朋友无一挂漏，全都回到他们的摇篮——这座城市来了。这是他梦寐以求的天赐良机。他已经暗自拿定主意，一定要把这些朋友撮合到一起，重返一次他们儿时的领地——绿草滩……

他的努力总算没有徒劳。这一天，由他率领的一支不大不小的队伍，浩浩荡荡地开到了伊犁河边。

他已经记不清自己有多少年没见伊犁河了。这会儿当伊犁河映现在他眼前时，他突然觉得这河已经衰老、干瘪——不知是他长大了的缘故，还是河水确实减少了，反正那河面没有以前那么宽阔了。好在现在渡口处架起了一座宏伟的大桥，不然他很难想象儿时的那个渡船还可以在这水面上摆渡。那绿草滩旁已经垒起了一道高高的拦河坝，你坐在草滩上，再也不会看到河面上翻滚的水波了。昔日里那一丛丛的马兰花，也疏疏落落的没剩几处。倒是在草滩旁栽了不少小树……

天气格外晴朗。虽说已是夏末初秋，但八月的阳光依旧是那样的毒辣。他们在靠近昔日里被遗弃的那个造船厂（如今是家农具修造厂）的一片小树林里安营扎寨了。他采纳了夫人们的建议后不得不稍稍改变了一下原有的计划——她们怕把孩子们撂在草滩上会在大太阳下中暑的。好在这片小树林离那绿草滩不远。当然，那些小树还不足以让人在树冠下舒舒服服地乘凉，但毕竟还可以遮点阳光。坐在小树林里，还可以望见蓝天和那在河对岸的遥远的天山支脉——乌孙山云缠雾绕的雪峰……

他的队伍落座了。他这才想起要数一数这支队伍里究竟有多少人。好家伙，一共十个人哪！可不是嘛，他自己就是一家三口，“老汉”一家已是四口，嘉娜既没领她的丈夫，也没带她的孩子来。叶尔肯仍旧是光棍一条。可是还有弟弟——我们的琴手呢！瞧他抱着吉他斜倚在那棵小树上有多潇洒，遗憾的是穆沙一家没能光临。这个穆沙，昨天还亲口答应得好好的，今天怎么就没来呢，或许他家来了什么客人？不管怎么样，他要不来会使这场聚会逊色三分的。多扫兴……

两位夫人配合默契，正在十分认真地摆设带来的食品。嘉娜却坐在一旁，不知望着什么地方默默地出神。忽然，她转过脸来，冲着弟弟笑了笑：

“我说小伙子，瞧见你的桥了么？它再也不会走了。”

看得出，她的笑隐含着一丝难言的凄楚。

弟弟羞涩地笑了笑（许是他在为儿时的傻话感到很难为情），并不言语。

哦哦，小女孩，小女孩，可你当年手心里还捧着刚刚脱落的乳牙呢！他在心里暗暗地说。是的，直到方才，她凄婉地一笑，他才无意中发现她那颗牙并没有长好——挤在另一颗门牙边上了。可不是，那天，叶尔肯走过去把那块夹着乳牙的馕块抛向小狗时，大概那小狗以为这拨儿淘气鬼在向它丢石子，夹着尾巴就溜了。惹得叶尔肯很是恼火，当下跑过去在草丛中搜寻，终于找出那一小块馕来。然而夹在中间的那颗乳牙已不知飞落到什么地方去了，死活没能找见……你的牙就是这个缘故才没长好，是吗，小女孩？

“可以入席了。”妻子悄悄走近他身旁，附在耳边柔声说。

“是么？”他怔了怔，复又点点头。

“好吧，朋友们，”他起身转向大伙，“我建议，为我们的聚首今天先干一杯！”

“干杯！”

大家一致举起了酒杯，就连他那个小儿子，也让母亲倒了杯茶水举在手中。

他一仰脖子带头喝干了酒，抹了抹嘴唇，这才开始正式演说。

“咱们难得一次这样相聚的机会，我们干得不坏呀，朋友们。瞧，我的亲爱的‘老汉’，果然从医学院出来成了一名医生，而且是赫赫有名的一把刀！我们的穆沙——他今天虽然没有能来……”

“准是被他老婆扣住了。”叶尔肯忽然打断了他的话。

“请大家原谅，他会来的，说不定他家有什么事了……”

“他家能有什么事儿。就是他老婆忒凶。上次去他家喝酒，他老婆就差没把我轰出来。哼……”

他的话茬又一次被叶尔肯打断了。他只得笑了笑。

“好吧朋友们，请相信我们的穆沙一定会来的。对了，我们的穆沙也成了一名科技人员——是助理畜牧工程师了，对吧？对。当然，我们的嘉娜也实现了她由来已久的夙愿——从师范大学毕业出来，成为……”

“成为一名光荣的人民教师——我们可敬的阿依木老师最忠诚的接班人！”又是叶尔肯打断了他的话头。

“谁要你说光荣，谁信你的鬼话！”嘉娜狠狠地白了叶尔肯一眼，“如今我才不稀罕这个行当呢！”

“只是有一点我们不大满意，”然而他立即接上了话头，引得众人的注意力重新转向他来。“嘉娜，你今天应该把你爱人和孩子也带来的。”

“他今天刚好值班。带孩子来吧，进城的公共汽车又太挤，我怕把孩子挤坏了。”嘉娜平静下来，讷讷地说。

“唔。”他敏感地意识到什么，没有让话题继续停留在嘉娜身上，“大家知道，我们的叶尔肯，也已经是堂堂正正的三级电工师傅了。”

“是了，工人阶级领导一切嘛！”嘉娜当下回敬了一句。

这天真热。他抹了把额头上的汗珠，开始一再告诫自己，无论如何不能受任何外界情绪的干扰。于是，他又一次高高地举起了酒杯。

“来吧，朋友们，为我们过去所取得的成就干上一杯！”

“等一等。”忽然，响起了一个瓮声瓮气的声音——是“老汉”。他本来一直在一旁默不作声。可是你听，他的嗓门依旧是那样的粗。“贾柯[1]，请等一等，要说成就，在座的我们哪个也比不上你。所以，首先应当为你干上一杯。朋友们，我建议为我们的诗人干上一杯，怎么样？”

“好，为我们的青年诗人干上一杯！”大伙儿不约而同地欢呼起来，纷纷举起了酒杯。他忽然感到无所适从。然而，他从妻子的眼神里却看到了一种掩饰不住的喜悦……

---

① 贾柯：既是对贾兰斯的爱称，也是对他的尊称。

又一杯酒干了。

“喂，贾兰斯，你是怎么作起诗来的。当初，我们怎么就没有发现你身上还会潜藏着诗才呢。”

嘉娜喝罢酒抹了抹嘴唇，含笑问道。尽管她和两位夫人一样，都喝的是极淡极淡的小香槟，然而两杯酒下肚，就已经让她的双颊浮上了红晕。

“对，嘉娜问得好，你就说说你是怎么写起诗来的吧。”“老汉”也在一旁插道。

“咱们今天还是谈点别的吧，我那两下子真没什么好说的。”他却一片诚意。

“怎么了，贾兰斯，你以为我们听不懂，是吧？我虽然不会写诗，可我还是喜欢读诗的。”嘉娜说。

“误会了，朋友们，误会了。”

“那好，我想听听你那首得奖作是怎么写的，或许会对我的语文教学有所启发。”

“我说，老兄，还是干脆老实坦白你稿费连奖金共得了多少人民币吧。”

叶尔肯为自己倒了一杯酒一饮而尽，咂咂嘴说。

“肯定没你奖金多！”

又是嘉娜……

一声柔和的吉他和弦把他从这有如梦境般一片纷乱的

世界中唤醒过来。

他的视线和弟弟的目光相遇了。

他明白了弟弟眼神中包含的一切。他朝弟弟会意地点了点头。

一阵华丽而活泼的和弦从琴弦上滚过。于是，小树林里激荡着一串温馨的回音。霎时，所有的人都安静下来了。就连在那边追逐着蜻蜓的小儿子，也奔回来伏在了他的膝头。弟弟那灵巧的十指拨弄着琴弦，紧接着那一阵和弦，变幻出一支节奏明快的熟悉的旋律来。接着，他用他那雄浑低沉的优美嗓音自弹自唱起来：

……

我虽然不是歌手，

请允许我唱上几首，

……

啊啊，弟弟，我亲爱的弟弟，这琴声是你的么，这歌声是你的么？我明白，我全明白——你是想用你的琴声和歌声来为我们适时地增添气氛。你怎么会这样懂事？你是什么时候长大的？你什么时候成了歌手？你昨天不是还在渡船上哭叫——哥哥，桥走了。哥哥，桥走了么？你呀你，真棒！我亲爱的弟弟。你的琴声是那样的迷人，你的歌声是这样地让人销魂……你是长大了，真长大了！亲爱的弟弟。可是，这一切，你为什么不早说呢……

弟弟的歌一首接一首，不知他唱了多少首。直唱得太阳都开始西斜了，他这才巧妙地把歌尾抛给了叶尔肯。要知道叶尔肯也是个唱歌的好手，只是琴弹得不怎么样。叶尔肯当下接过弟弟的歌声唱了起来：

我清早奔到溪边来呀，
有一支蔷薇在摇曳；
我原本无心上这里来，
全靠神灵巧安排……

他唱着唱着，把脸转向了嘉娜——他的脸被酒劲憋得通红，他的眼神流露着一种深深的哀伤……

你的双眸像磁石，
吸引着我的双眸；
你的心儿像团火，
燃烧我的心窝……

他真正动情地倾诉起来。然而嘉娜再也坐不住了，她毫不迟疑地用自己的歌声打断了叶尔肯的歌儿——

在那座大山那一边，

有一边辽阔的跑马滩；

即便你请我也不去，

这颗心儿被刺伤……

他已经不再想听他们的歌了。他一个人悄悄走出小树林，来到奔腾的河边。

夕阳看看就要坠入地平线去。此刻，看上去宛如一枚刚刚打出蛋壳的蛋黄，那样的柔和，那样的温暖。全然没有了白天那种刺眼的光芒和灼人的烈焰。八月的伊犁河已经淌尽了雪水，重新变得清澈起来。一排排永无休止的浪花。前呼后拥着从上游涌来，又匆匆忙忙奔向远方。而在那雪白的浪端上跳动的，是一轮快要西沉的夕阳。世界再没有比这临近黄昏时分可以看得更为清晰了。他久久地伫立在拦河坝上，忘怀一切地眺望着远山、近川……

忽然，从他那快要忘却的土崖壁上，飞出了一群蓝鸽。他的心紧缩了一下，一股喜悦的潮流闪电般袭上心头。你好！蓝鸽；你好！土崖……他禁不住悄声地说起话来，眼眶不觉也湿润了。蓝鸽一如既往（它们一定是当年那群蓝鸽的后代，他想），在伊犁河上空——在蓝天和大地之间自由自在地翻飞、盘桓。他出神地凝望着那映衬在蓝天的美丽的鸽群……

"看你，站在这里干什么。"

一个温柔的声音。他回过头来——是妻子。

"他们都在等着你呢。"

"是吗？"

他笑笑，耸了耸肩，走下拦河坝来……

叶尔肯显然喝多了，他两眼发红，困得睁不开来。"老汉"依旧是那么沉稳。而弟弟连琴都背好了，看来他是只等着散摊儿。嘉娜却在一旁不知和"老汉"的夫人唠着什么，大概她们是在谈论有关女人自己的事儿……

"朋友们，我们该回家了。"他说。

"只是穆沙还没有来……"

"我早说了，穆沙今天就不会来。"

还没等他说完，叶尔肯猛然睁开醉眼迷瞪着双眼，打断了他的话。

"请等一等，亲爱的叶尔肯，先让我把话说完——穆沙今天是没能来，但我提议，我们几个男子汉这就到他家去，怎么样？"

"我的天，到他家去？谁受得了？"

叶尔肯又发话了。

"不过，叶尔肯，穆沙家那个弟妹再凶，我想她也不至于吃人。走吧，一起去看看他们。"

于是，事情就这样拍定了，只是弟弟不能奉陪，因为今晚有他自己的事。

当他们走出小树林的时候，太阳像一团行将燃尽的火球，只是被地平线小心翼翼地托在天边，仿佛非要待它燃尽了，方可允许进入一天的归宿一般。大地一片苍茫。而那一群蓝鸽依旧在天际飞翔。当他又一次依依地向那苍穹深处望去时，那群蓝鸽似乎是要急于追赶快要西沉的太阳，直向那黄灿灿的迷人光环的心窝扑去……

群山与莽原

那地方名字很怪，叫宕昌。当地人把宕字念成 tàn，变成 tàn（炭）昌。你要试图更正他们的读音，一种疑惑的视线会朝你投来，不用言语，你可以读出其中的含义：你这个人怎么就与众不同呢……

这里地处陇南，深藏于千山万壑之间。河东岸是秦岭山系余脉，河的西岸与青藏高原连成一体。他的家就在群山褶皱中大河坝乡的一个小山村。晴天时，可以从沟口看见对面宫鹅沟顶端巍峨雪山的倩影。

他家住在半山腰上，村子周围种满了花椒树和樱桃林。花椒树刚刚结出碎小的花椒骨朵儿，一丛丛一串串的，意味着一个丰收年份。不知到了秋天，那花椒会在哪家的锅灶间融进缕缕菜香。樱桃还要几天就可以采摘了。此刻，鲜红、紫红的果实结满了枝头，一颗颗一片片的，煞是惹眼。

他生在长在深山里，却有一种奇怪的感觉，常常为自己视线受阻感到迷惘。在晴日里，除了向头顶的苍穹望去，视线似乎能够洞穿蓝天。除此，往四周眺望，满目层层叠叠的大山，视线随处都遭阻断，令他心头憋闷。

他常常站在山坡上一边干着手头的农活儿，一边会陷入遐思——何时可以走出大山？有时他会这样轻轻地问自己。

有一次，他到山下坐落于谷底的镇子上时，听到几个外出打工回来的后生谈论他们所见过的世界。他们说，有那样一种地方，四周没有一座山梁，到处是一片平展展的土地，在那里落满了城镇，城镇与城镇之间长满了庄稼。不过，当你的视线碰不到山的时候，你会感觉很累。他们说。

他实在想象不出他们累的感觉。

那是一个什么样的地方？会是什么样的平展法？这个信息给了他一种新的遐思与困惑。他暂时忘却了视线被群山阻断的苦恼。

那天下午，他照例站在半山腰上自家地里做着农活。天气还算晴朗。不过宫鹅沟顶端的雪山已被云锁雾罩，浑然化作一个巨大的云堆，根本看不见它洁白的胴体。望着那个巨大的云堆，萦绕他心头的憋闷和新添的遐思与困惑搅在了一起，有点让他透不过气来。

他擦了把额头的汗，试图蹲下去歇会儿。并不确切，他似乎觉得地动了一下。他有些狐疑地挺直了身子。他觉得这会不会是自己的一个错觉，亟须验证一下。他的目光正在急速搜寻某个固定物，试图以此择定坐标。

恰在此时，大地的跳动从他足底传到了膝盖，又由膝盖直奔脊柱，最终袭向了脑颅。是的是的，他发现自己身体真真实实不由自主，浑身依照大地的律动在抖动着。霎时恐惧牢牢攫住了他的心。四周忽然间腾起股股粗壮的尘柱。好像大地在粗鲁地呼气，那污浊的气流直冲云霄。刹那间，对面的山便被尘烟覆盖。他自己也被尘烟裹住。浓烈的尘土味儿呛得他鼻孔发干，喉咙发堵。他剧烈地咳嗽起来。他的心头更加憋闷了。就在这一瞬间，他已经开始厌恶起这山来。要是能离开这鬼山就好了！他在恐惧与憋闷的绝境中暗忖。

他没有表，不知过了多长时间，山的跳动似乎停止了。尘烟就像雨天的雾霭一样，牢牢锁住了大山。他的视线真正受阻，他只能看见身旁的花椒树和樱桃树。它们的枝叶和果实上落满了尘土，一株株一棵棵似乎已经被刚才大地的抖动摇昏，可怜兮兮的，正在迷茫地呆望着他。

对了！家！家怎么样了！一个清醒的意识骤然升起，令他头皮发麻！他开始穿云破雾般撕开尘烟，在密密匝匝的尘柱间狂奔。

没有风，似乎连风都被大地的震动吓昏了，躲在哪个山洞里不敢出来。于是，四周尘烟弥漫，他强烈感到呼吸困难。这是一片土山，土层很厚，所以没有滚石，但是尘烟很冲，从平日里看不见的无数的地缝中钻出来，直往上冒，让他喘不过气来……

当多日以后，镇上的干部再次来到时，他的记忆中依旧只有一点，就是地震那天漫天遍野的呛人尘烟和粗壮的尘柱。他很幸运，地震发生时，他的妻子正好在院子里做活，他的房屋倒塌了，成为一片废墟，但是妻子却毫发无损。他的孩子在学校也奇迹般地平安逃出了教室，没有受伤。他们住在政府下发的那顶蓝色的“民政救灾”帐篷里，眼下还不知道该如何重新起屋造房。大山还会时不时地抖动一下，他们说那是余震。但已经没有尘烟冒出，似乎大地的怒气已经释放殆尽。山风似乎也苏醒了，时不时地会造访他家的蓝色帐篷，寻找缝隙从那里钻进钻出，向他炫耀着自身的活力。太阳依旧每天朝起夕落，日子好像该怎么过还得怎么过。

镇上的干部说，这个村不能就地重建了，这半山腰的，上不着天下不着地，条件恶劣。要整体搬迁下去，政府正在规划。到时候会重新在河滩辟出每家每户的宅基地。政府会帮助他们重建家园。几个村的人都会住到一起去的。

似乎是在无意间，镇上的干部不经意地问了一句，政府正在组织一批灾民向新疆移民，你去不去。在那边，住房是现成的，还可以多分给一些地。这一点完全出乎他的意料。他先是一怔，张开了嘴，不知道该如何回答。忽然间，一种从未体验过的喜悦自心底油然升起。他觉得这是自己冥冥中所祈望的——终于有机会走出这大山了！一瞬间，一种释然让他感到浑身的轻松自在。

他毅然决然地点了点头，说，去。我们去。

他甚至与妻子都没有商量。

其实，他的陌生感是自打离开哈达铺，走出县界翻上麻子川后就开始了。

他并不知道这里就是黄河、长江水系的分水岭。只觉得才走了小半天工夫，这里的山与自己家乡熟悉的山已然不同。这里山势辽远开阔，那一片片望不到尽头的青稞地，与自己打睁眼看到的紧凑局促山坡地不同。他忽然开始有一种失落感。但不知道自己为什么失落。

在岷县，当他看到洮河不可思议地折返向北流去时，他甚而有点承受不了。他从没有想到过河水也会流向北方。在他们镇旁，那条河是一路向南奔腾而去的，在两河口那里汇入白龙江，复又一路朝东倾泻而下。如果他不走，他的新家应该就安在那河旁的某处滩地上了。不过在谷底自己的视线或许会更加受阻吧。他想。

于是，他与曾经被他厌恶的、常常阻断他视线的、被崇山峻岭深锁的家乡渐行渐远。

在殪虎桥，汽车西向折进深山，最终从一座雪山腰际间攀援翻越。晴空丽日下，高山草原上羊群和牦牛群闲散开来，还有几匹马也在那里享用着青草。他第一次被这样的景象吸引，心底漾起一种喜悦与自得的暖流。当一片片红桦林与云杉林并肩交错出现在左手背阴山坡上时，他甚至有那么一会儿被这猝不及防出现的美景惊呆了。他不由自主地把后脑勺上的头发倒抹了一下，那一蓬乱发就像显示雄性的公鸡羽翎一样，十分威武地扎煞着……

汽车很快驶出了雪山林场沟口的罗家磨。

现在，展现在眼前的是另一种景致。一种深邃、辽远、空阔的地貌迎面扑入他的眼帘。他不知道自己的视线原来会如此无限延伸。他有一种激动、一种感慨、一种解脱、一种眩晕的感觉。或许这就是那些镇上的后生所说的累？他不敢肯定。在目力所及的远方，隐隐约约还有一些山脉横亘。

当汽车穿过渭源会川镇时，不知怎么，他被镇子西边那一道柔和舒缓的绿色山梁感动了。但是，当他回首望见那道远逝的雪山，心底略感怅然。他的家乡——那个阻断过他视线，曾令他生厌的群山包裹着的家乡，那个霎时间升腾起股股粗壮的尘柱，被尘烟笼罩的半山腰上的昔日家园，已然留在了雪山那一边。

他品不出此刻自己心底的滋味到底是甜是酸……

当他发现再度与洮河相会时，已经是在临洮境内了。

这条不知何时离他而去的河流，现在又被他撵上了。

这里河谷开阔，两边的山峦低矮，他的视线时时可以越过那些山峦远眺。他忽然觉得，视线无遮无拦随意游走，并不让他感到惬意，心底反倒变得空落落的。

他这才发现，自己原来已经习惯于那种一眼望去，满目青山的世界。虽然他曾抱怨视线受阻，但现在看来或许那才是他真正的生活意义所在？

越往前走这些山体越不成样，开始变得裸露无遗。那赤裸裸的褐石和光刺刺的白土让他发憷。天哪！在这样的地方人居然也能生存！他第一次为生存感到恐惧。

他是带着这种恐惧与疑虑驶入兰州的，在灯火辉煌中复又登上火车，在夜幕笼罩下越过黄河。他甚至没有意识到列车会过黄河，更没有看到从车窗一闪而过、在铁桥下深沉流淌的黄河……

现在，一切已经不能复返。火车轮轨有节奏的哐当声，替代了汽车喇叭尖锐的鸣叫声。他一觉醒来，火车早已穿山越洞，翻过乌梢岭行走在河西走廊。

在左侧，是逶迤而去的祁连山脉。那些银冠似的雪峰随着山势忽近忽远。在他看来，不如宫鹅沟的雪山亲切。但不管怎么说，在他的视野里还有山的胴体存在。这一点令他略感慰藉。

但是，他不能适应一侧有山，一侧空阔的空间。

他从没有在这样的天地间生活过。

在他的意识中，似乎天下都应该是被群山包围着的河谷，河水一路向东流去。然而，此刻透过车窗右手望去，却是一望无际的莽原。

他发现有时他的视线可以伸及天地交接处。这一点令他不可思议，又有一点隐隐的后怕。人怎么可以一眼望见天地接壤处呢？他真的不能适应这样的一望无际。

他感到了累。

平原的视觉疲劳就像倦意一样，挥之不去，一直紧紧伴随着他。

当火车毅然决然挥别祁连山脉，穿越铁色戈壁，快乐地鸣响笛声接近另一座山脉——天山南麓时，他有一种几近绝望的感觉。那遥遥无期的路途令他生畏，就连太阳都被这一望无际的莽原牵累，光色变得有些黯淡。此时已经接近黄昏，除了明净的蓝天，那浩瀚戈壁上蒙着一层灰蒙蒙的薄纱。他似乎看到在靠近铁路的荒原上，有两只红褐色的野物回首向列车张望。它们只是从车窗前一闪而逝。是黄羊还是什么，他不敢确定。

他忽然怀念起那个举目就可以将视线碰撞回来的家乡的山川了。他现在才觉得，自己投出去的视线被满目青山撞回，似乎全然可以用手心随心所欲地揽住它抚摸它。他不觉望了望自己的手心。是的，那一天，当大山剧烈跳荡时，他像一只山兔，在粗壮的尘柱间一跃一跃地穿行跑回了家。自家最后一堵残墙恰在他跑进篱墙院时轰然倒塌。他看不见妻子，只觉得她被埋在了废墟下面。他拼命地用这双手刨起了废墟。他在狂呼着妻子的名字，他的喉咙灌进了很多土。他的胸腔在被尘土淤塞，有一种火辣辣的燃烧感觉。

妻子是从他身后浓重的尘幕中出现的。妻子哭喊着向他扑来抱住他后背时他着实吓了一跳。大山又一次猛烈地跳荡开来，他俩双双跌倒在地滚了一身的土，本来就浮尘遮脸，他们看不清对方的表情，但是一双眼睛是亮的。只要人活着就好，他们会意地相视一下，不约而同地蹦了起来，一起跑向山下的学校，他们要去救他们的孩子……

又一个夜幕看看就要降临。

凭感觉，这里的夜幕降临也要比层峦叠嶂的家乡晚许多。也许，是没有大山可以让太阳早点沉落的缘故？他感到新奇和困惑。

一种焦躁不经意间向他心头袭来。

当又一次换乘火车后，他离开了这座陌生的城市——

乌鲁木齐，继续西行。车站站台上弥漫着的被炭火燎过的孜然香味嵌进他记忆。

他又一次想起了在河西走廊的感觉。此刻，同样左边是天山山脉一路西向逶迤而去，右边则是一望无际的准噶尔原野。他现在开始怀疑起自己来，究竟是留恋让他视线受阻、心头发闷的重重叠叠的家乡的深山大壑，还是渴望走出山的屏障让视线和心灵自由驰骋飞翔？

他不知道。

在奎屯由火车换乘汽车时，他看了看沉默的天山雪峰，叹了一声。还算有山。他喃喃道。他嗅到风从远处送来一种淡淡的幽香，但他不知道那就是荒漠草原艾草的芬芳，也解不去他心头的焦躁和不安。

一路上白天里他都不会睡觉，不知怎的，在离开奎屯后，在折向北方准噶尔腹地的公路上，随着汽车车身微摇，他在焦躁不安中意外地沉沉睡去了。

也就在此时，天山巨大胴体和它的雪峰，悄然远匿于淡紫色天际堆积的云朵中了。

当他一觉醒来时，车已到了车排子。一下车，望着夕阳下平展展伸延开去、无边无际的准噶尔原野，他忽然失神了。倘使在清晨，在明媚的阳光下，尚没有被浓云覆盖的天山雪峰，会灿然俯瞰准噶尔原野，他的视线也一定会撞上天山雪峰洁白的胴体。但在此刻却不能，雪峰被天际与积云隐匿。

他禁不住又呼又喊起来：山呢？山呢？我家的山在哪里？妻子和孩子有点异样地望着忽然变得陌生起来的他。但他对她们的存在全然视而不见。在他的视野里除了家乡群山飘忽的影子便是一片空白。他的视线漫漶地投向四周，复又无力地收回。他就地手舞足蹈起来，口中念念有词：山呢？山呢？我家的山去哪里了？

人们开始有点不知所措。带队干部找来随队医生。医生望了望他迷离的眼神，和那近乎反向的肢体动作，十分镇静地说了一声：

他疯了。

接着，又补了一句：

快送医院。

红牛犊

那红牛犊都两岁了，来年就该给咱生犊产奶了，你们爷儿俩哪怕就是奔到天边也得把它给我找回来呀，我还一直指望它会成为一头乳汁丰盛的好乳牛呢……

祖母再三叮嘱我和叔叔。她的确太爱那只红牛犊了。我也喜欢那只红牛犊，还在它整天只会在门口的草滩上撒欢的当儿，我就已经驯服了它，骑在背上一点也不胡闹。后来，红牛犊长成了一只真正的大牛犊，就是说，它已经彻底断奶了。祖母便让我和祖父把红牛犊牵去，合到即将迁往夏牧场去的姑姑家牛群里。我们家（我指的是祖父家）是去不了夏牧场的。祖父要在这里守着冬草场，叔叔是牧场粮仓保管，我呢，因为城里学校“停课闹革命”，才到祖父家来帮助干活儿的。那红牛犊可以在夏牧场上逍遥自在地过上一夏，长长骨架，来年就可以发情产奶了。可是，就在牧人们刚刚从夏牧场转场回来，姑姑家托人捎来了话，说那只红牛犊突然走失，虽多方寻找尚无下落，希望我们也能沿山脚地带协同找找。

祖母自从听到这个消息，便开始成日絮絮叨叨。她说那是一只多好的红牛犊呀，她一辈子见过的牛犊多了，可就没见过几只像这红牛犊的。有时说到火头上，她甚至埋怨她的女婿（姑夫）没有真心看好。不然，牛群里的牛一只不缺，怎么独独走失了我家这只红牛犊。祖父发话了。那畜牲是长着四条腿的生灵，他说，它才不管你是不是真心看护，它的头偏向哪边，它的蹄子就会迈向那边，能不走失么？何况草原上走失一两头牲口是常有的事。还是多方找找吧，不要为了一头牲畜在亲戚间生隙。

祖母沉默了。

于是，我们决定沿着山脚地带寻找那只红牛犊的下落。不过，祖父是无法出门的。眼下已经入秋，所有的畜群都转到秋牧场上来了。有些地段秋牧场干脆和他看护的冬草场连在一起，只要稍不经心，那畜群便会闯进来的。尤其那些白天无人看管的大畜，更是成天给他滋事。他是无论如何也脱不开身的。祖母嘛，一则年事已高，行动不便；再则灶头上的事离不得她，她一出门，我们几个就别想吃饭。为此祖母每每想起来就要把叔叔数叨一通：看你，还不快些给我娶个媳妇过门，我都已经是半截身子入土的人了，还围着锅台团团转，你什么时候能让我省了这份心，享几天晚福呢？每当这时，叔叔便会慢悠悠地端起茶碗，滋儿地喝了一口奶茶，诡谲地一笑，说：我明天就给您接个天仙过来，那时只怕您又成天担心她不是被烟呛着了，就是被火燎着了，还要自己跑出跑进呢。于是，祖母便会仰头哈哈大笑。有几次甚至把眼泪都笑了出来。不过，有一回叔叔突然把手中的茶碗一撂，很不耐烦地说，您怎么总是唠叨这件事儿，您还有完没完，外边的事儿就够烦人的了，回家我想清静一会儿呢。那是个中午，没想到祖母顿时勃然大怒。怎么，心烦啦？不痛快啦？好像是我让你去“造反”的，嗯？是我让你去“破四旧”，往别人头上倒扣一桶热浆糊戴上高帽的？嗯？！我是把你当作男儿生到这个世界上的，如果你还有点血性，就别把在外边自寻的烦恼拿到家里来撒。当初你不听你父亲和我的忠告，既然你有本事做得出来，那你就自个儿担当得起吧。祖父从一旁插了进来，罢罢，过去的事儿都过去了，娘儿俩还吵个什么？他说。叔叔却霍地起身，拿起马鞭跨出门去，翻身上马落下一鞭，一溜烟尘消失在远方。祖母也不听祖父的劝慰，坐在她心爱的黄铜茶炊旁（这还是她年轻时一同过门的嫁妆），一边给自己倒着热腾腾的奶茶，一边还在冲着门外骂个不停。然而，到了晚上，当叔叔在门前勒住坐骑时，她竟迎上去爱抚地吻着他的前额。

至于我，虽然我自以为已经是个十三岁的大男子汉了，可是看得出我在祖父祖母的眼里不过还是个毛孩子。再说这些年来我又一直在城里读书，他们更是不肯相信我一人出去能寻出个什么结果来。你还小，孩子，眼下这世道又这样乱，你一个人出去别说找回红牛犊，只怕把你自己也走失了。祖母就是这么说的。我当然不服。可她说，这又不是你走惯了的乌拉斯台山谷，既然要找牛犊，就要到你还不曾去过的陌生地方，所以，最好还是等你叔叔有空，你们爷儿俩一起去找。

叔叔却总也没有时间。

他说他很忙。祖父和祖母一向是护着他的，说当干部的就是忙。我也不知他一天到晚在忙些什么。在我看来，他只会骑着那匹霜额马到处兜风，向所有草原上的人炫耀他那匹快马而已。这不，直到今天，他才总算有了时间。

九月的草原看得出日渐憔悴、枯黄。仿佛因已经听到一天天迫近的连绵的秋雨声和寒冷的冬天的步伐而感到焦灼不安。在清晨的阳光还没有来得及落下的那些沟沟坎坎的背阴坡里，依然凝聚着点点白霜。那是大地对昨夜的记忆。只有那莫名其妙地嵌进草原深处的一片片冬麦地，泛着与这秋天的容颜并不协调的绿色。

天空蓝得奇特，蓝得耀眼。在蓝色的天际深处，隐隐地透着一股寒气。

一大群椋鸟含混地鸣叫着飞来，黑压压一片落在了路旁的羊群里。大概这是它们在即将飞往南方的前夕，最后一次光临羊群，为它们拣拣软蜱以尽天职。那羊群似乎也早已心领神会，纷纷停住了吃草，昂起头来，让这些伶俐的鸟儿啄去附于额际的烦恼——软蜱。在羊群的那边，便是散散漫漫铺满草原的牛群和马群了。那牛群里有无数的红牛犊。可就是看不见自己家的那一只。

叔叔自从早上出门以来心绪一直很不好。他不断哼着一支快乐的小调儿。这是一支既古老而又永远清新的小调儿。然而今天在叔叔唱来，全然失去了原有的快乐色彩，充满了一种热切而又哀怨的情调儿。犹如一只落队的孤雁，在无际的长空嘎嘎悲鸣，茫然无措地向天边飞去。让人听着，忍不住心头涌起层层热浪，鼻根却是阵阵发酸。这便是不知被多少哈萨克人唱了千年百年的《从喀喇套山转来的迁徙队伍》那支古歌。他已经好些时候不曾有过这样的心绪了。确切地说，自从牧场三结合革命领导小组成立以来便是如此。这个班子是在一个多月前成立的。那位曾被他高呼着“打倒”、给头上倒扣了一桶热浆糊戴上高帽的原牧场党支部书记卡布丁，担任了革命领导小组组长。叔叔原来是牧场基建队的技术员，现在担任了粮仓保管。可他一直郁郁不乐，我也不知什么原因。

其实，叔叔原是个生性快乐的人。在我记忆中，他成天总是乐呵呵的。牧场里男女老少无人不喜欢他的这种天性。那会儿，他还在牧场基建队，我每次暑假回来，总能在正墙上看到一份新添的奖状。那上面用汉文毛笔字工工整整地写着——托列甘同志，因在 ×× 年三大革命运动中工作成绩突出，特授此状，以资鼓励。我是很喜欢叔叔的，并且一直暗自在为他感到骄傲。

后来，狂风暴雨席卷而来。一个从城里来的学生在这里播下了革命火种。叔叔第一个喝了他从金水桥下带来的水。一夜之间，组织起一个颇有声势的造反队来，揪出了牧场党支部书记——一个道地的贫苦牧民的后代，孤儿卡布丁。他们给他糊上了高帽，挂上了黑牌。那黑牌上赫然写着——走资本主义道路的当权派卡布丁。在“卡布丁”这几个字母[1] 上还打了红叉叉。那些天真是忙煞了叔叔。他带头大破“四旧”，将他那把冬不拉几下折断了丢进燃烧的篝火里，又操起剪刀把自己心爱的马裤和鸭舌帽当场剪成一条条的碎布片，换上了一身神气活现的黄军装（眼下他正好穿在身上）。然后，兵分几路，向几条牧人们聚居的山谷扑去。他们那次的行动，据说搞得非常干净、彻底——他们宣布，草原上过去固有的一切，都属“四旧”，应当完全予以破除，“破”字当头，立在其中，现在要用一种崭新的生活方式来生活……

叔叔卷了一支莫合烟，歪坐在马背上，漫无目的地凝视着远方。他已经不再唱歌了。霜额马一丝不苟地迈着它那狼一般轻捷的步子。叔叔吐了口烟，忽然收回视线望着我说：你懂得什么叫寂寞么?

我说：我一个人放羊的时候，常常感到心里憋闷得慌，极想见到一个人——随便什么人都行，只要能和他说

---

① 此处系用哈萨克文书写。

上几句话就可以了。也许，这就是你所说的那个寂寞？

他笑笑，摇摇头。

我茫然了。不知道自己说对了没有，更不明白他怎么会突然对我提出这个问题。小路已经送我们登上了一座低矮的山梁。我说：叔，我们今天一直要走到哪儿？

他说：红牛犊在哪儿，就走到哪里。

如果红牛犊跑到天边去了呢？我故意说。

那我们就一直走到天边。他说。

一只云雀突然从路边的芨芨草丛里腾空飞起，舒展着双翅鸣唱开来。也不知在这秋天里，它怎么还没有离去。

没有看到红牛犊。

当我们登上又一道山梁时，发现前边的山坳里有三个汉子并辔而行。快，叔叔说，赶上他们，问问有没有看到我们的红牛犊。这些人说不定会知道点消息。

于是，我们俩同时落下一鞭，两匹马扬起一路烟尘驰下山坳。那三骑也登上了前边的另一道山梁。还未及我们撵上山梁，那三骑已经消失在山梁那边了。

山梁下，竟是一条涓涓细流。沿着细流两边的草滩，坐落着五六顶灰色的帐幕。那帐幕旁少说也有两三百匹坐骑拴在那里。刚才那三骑看来也是投那里去了。帐幕前，只见穿红着绿的大姑娘小媳妇们进进出出。

我们在山梁上勒住坐骑，稍稍停了一下。啊哈，喀喇布拉克原来今天有喜宴呀，叔叔的眼睛一亮，说，走，咱们也下去吃喜去。

咱们又不认识他们，何况也没受请。我讷讷地说。

嗨，哈萨克只认得喜宴，哪家有喜只管在他帐前下马就是了，还管他邀请没邀请。叔叔说着，已经策马朝那个阿吾勒[①] 走去。

那红牛犊呢？我拨转马头跟上来说。

吃罢喜宴就去找。叔叔说。

两个汉子迎上来把我们扶下坐骑。缰绳也被他们接了过去。

我们被毕恭毕敬地引进了居中的一座帐幕。当然，还在帐前就洗过了手——一位年轻后生手持水壶毛巾恭候在那里，他的职责就是让每一位来宾先净了手再入席。看得出一切都是按照老规矩办的，就像吹过哈萨克草原的风儿一样显得自然。

叔叔被让到了上席。我自然坐在了靠近门边的那个永远属于小辈人的位置。不过，落座前，我跟在叔叔后边，向在座的每一位长者都握手道安。是祖父教我这样做的。他说，你已经是个男子汉了，一个男子汉，首先应当学会

① 哈萨克人的村落。

的是敬重长者，向长者道安。无论你走到哪里，无论你是否相识，只要遇见长者，就应当首先伸出你的右手，真诚地向他道安。一个不会向长者道安的人是永远算不得哈萨克的男子汉的。这些人好像和叔叔都很熟悉，只是我看来让他们感到有些陌生。当我和他们一一握过手，回到方才的位置上坐定时，一个同样坐在上席的麻脸汉子忽然冲我问道：我说，这位小伙子从哪儿来呀。

从乌拉斯台来。我说。

唔，那说说你是谁家的孩子。麻脸汉子审视着我。是我爷爷的孩子[①]。我说。

你爷爷叫什么名字。

聂斯甫哈孜。

噢，看来你可是个大好人家的孩子，怪不得生得这么机伶呢。那么，你能说得出你是哪个部落的么?

我是贾拉伊尔部落的。

是哪一支呢?

图尔勒拜支。

不错，不错，好人家的孩子就是这样懂得规矩。小伙子，你已经算得上是个哈萨克的男子汉了。不过，有一点

① 哈萨克习俗，长孙都要寄养在祖父家中，长孙懂事后，便自称是爷爷的孩子。

我还不太清楚，就是在城里戴眼镜的那个医生——那位米吉提先生，又和你有点什么关系呢?

是我兄长[1]。我立即回答。甚至有点惶恐。

哈哈哈……不错，不错，你的兄长也是个有口皆碑的大好人哪。

麻脸汉子这么一说，满屋子人哄堂大笑起来，就连叔叔也笑了。我感到我的双颊在火辣辣地发烧。我是被捉弄了。我真想发作一通。其实这些人完全了解我的底细，可我还以为他们对我很陌生呢。好在这时正好茶毕，送上肉来，在座的人注意力都转到盘中的肉上去了，从而给我解了围，使我摆脱了尴尬的境地。不然，我真说不准我自己会闹出什么事儿来。

然而，那位蓄着一蓬花白胡须，一直在一旁含笑不语的长者，刚刚捧起羊头，便割下一只羊耳递给了坐在他近旁的一位晚辈——喏，把这只羊耳传给那个他爷爷的好孩子。说着，还冲我挤眼笑笑。我只好接过了那只羊耳。于是，一块块的羊肉、羊骨全朝我递来。看来他们都喜欢我，可我已经有点应接不暇了。

后来，他们就喝起酒来。我讨厌酒气，悄悄溜出帐

---

① 哈萨克习俗，长子都要寄养在祖父家中，长子懂事后，便自称是爷爷的孩子。长子讳称自己的生父为父亲，改而雅称为兄长。

来。帐外尽是那些奔忙不迭的主妇们，和那些叽叽喳喳、拥来拥去的姑娘们。没有能和我相耍的男孩儿——所有的男人都还在帐内吃酒呢。

几只狗十分亲热地朝我迎来。看来是我手中那根还没有啃完的骨头招引了它们。我索性不再啃了，把那根骨头在它们眼前晃来晃去，一直把这几只狗逗引到柴堆那边，突然将那骨头远远地抛出去，几只狗一起扑向那根骨头的落点，随即撕成一团。我很得意，就近坐在柴堆上，欣赏着自己导演的这出游戏。当然，在这附近是见不到我们的红牛犊的。

当日头开始倾斜的时候，叔叔终于摇摇晃晃地从那座帐幕里走了出来。他满脸通红，拖着他那根镶着明晃晃铜饰的马鞭朝这边走来，在他身后跟出几条醉醺醺的大汉。看来他们是把后来又送进去的那几瓶酒也干了个底朝天才出来的。婚礼的游戏差不多都已经结束了，什么姑娘追啦，摔跤、角力啦，飞马拾银元啦，统统过去了。只是因为地形关系没有赛马。叔叔什么也没看上，什么也没参加。听说还有叼羊。那些汉子一个个早已上了马背，只等婚礼的主人抛出羊来。草滩上就剩下一只虎纹色犍牛和几匹马——自然是我和叔叔还有这几位醉汉的坐骑了。霜额马发现叔叔出来，从草滩上咴咴地朝着这边嘶鸣。叔叔朝草滩挥挥手，迈着十分滑稽的步子走近我身旁，一股浓烈的酒气顿时扑鼻而来。他亲昵地拍了拍我的脑袋，嘴里却含混不清地说着：我说艾柯达依[1]，你觉得怎么样啊？没有寂寞吧？那个麻脸汉子跟在他身后，这会儿也冲我挤挤眼。

我笑笑。叔，红牛犊呢？我说。

红牛犊？对对，还有咱们的红牛犊。今天的婚礼搞得不错，库肯[2] 家酒肉备得很足，唔唔……。叔叔一边夸赞着，一边打着酒嗝，脚下站也站不稳。红牛犊，红牛犊，要找咱们的红牛犊，去牵马吧艾柯达依，咱们是该上马了。叔叔说着，站在那里撒起尿来。正在那边帐前忙碌的几个小媳妇，见状尖叫着窜进帐幕里去了。

四周全是涌动的马队。每一座低矮的山梁上都出现了一群群的骑手，呈散兵线形黑压压地朝这草滩的阿吾勒卷来。而在婚礼主人的帐前，早就挤满了上百个骑手，他们纷纷高呼着阿门，阿门，催促主人抛出羊来。主人家还在昨天晚上就把一只白山羊宰了，浸在那条喀喇布拉克细流的水湾里（经过一夜的浸泡，那山羊皮就会变得像皮条一

---

① 此处系昵称。
② 此处系对婚礼主人的昵称。

样耐扯）。忽然，那挤在主人帐前的骑手们一阵骚动，险些把那帐幕踏翻。转眼，一条汉子拖着那只白山羊冲出人阵，宛若一支离弦的箭，沿着草滩向下驰去。于是，所有的骑手狂呼着，纷纷拨转马头，尾随着那一骑紧紧追去。霎时间，整个阿吾勒上空弥漫着从马蹄下扬起的滚滚烟尘，与那骑手们一阵高过一阵的疯狂的呐喊声交织在一起，构成了一张密不透风的灰网，把这方才还沉醉在婚礼酒宴里的喀喇布拉克草滩罩在里边，让人禁不住浑身热血沸腾，刹那间就想冲出这张灰网去。

啧啧，好样的，好样的。好久没叼羊了，我的两胯都有点发痒，我说上马吧麻子，咱们今儿个玩个痛快！叔叔目送着那位携羊卷进尘烟里去的骑手，咂巴着嘴兴奋地说着。

可我是骑牛来的，托柯[①]。那麻脸汉子说。

骑牛？你的马呢？

谁知道这年月里还会有叼羊这等好戏，我是从羊群边上赶来的，甚至连鞍子都没有备。

是啊，是啊，有牛也不错，快上牛吧，我可怜的麻脸老兄。叔叔快活地说。

叔，那红牛犊呢。我说。

待我把那羊夺过来就去找。叔叔说。

---

① 此处系对托列甘叔叔的敬称。

叔叔摇摇晃晃地接过了缰绳。可是，一扶上马背，还没来得及在鞍上坐稳，便落下一鞭飞驰而去。我立刻策马衔尾追去。那麻脸汉子骑着他的虎纹色犍牛早落在了身后，前面什么也看不清，只有遮天蔽日的烟尘在涌动、翻滚……

当我们追出喀喇布拉克沟口的时候，那叼羊的马队早已驰向遥远的果子沟口。这里只剩下一些懒得追赶的骑手，他们拥在一处辟有墓地的高坡上，欣赏着叼羊的骑手们的角逐。叔叔好像已经彻底酒醒，他也在高地上勒住坐骑，望着那越去越远的叼羊的骑手们，颇为懊丧地摇着头。

太阳匆匆地极力跃出这层层的褐色山梁，朝着露着一片洁白峰巅的喀喇嘎依特山背后滑去。从果子沟口吹来的晚风已经呼啦啦地刮过这里。那满山遍野的秋草禁不住一阵阵瑟瑟地发抖，从高坡底下一直伸向遥远的公路边缘的冬麦地里，也漾起了一层层绿色的细浪。晚风在我坐骑鬃尾间滑来滑去，忽而把它长长的秀鬃吹得零乱，忽而又给它理顺。这牲灵极不耐烦地摆动着双耳。然而高坡上的人依旧不肯离去。

完了，这下那羊肯定是被果子沟的汉子们叼去了。不知有谁说了一声。

你以为咱们牧场的人就没有一点能耐么?!叔叔显出莫名的激动，几乎已经嚷了起来，令我也在一旁感到奇怪。

你又不能插翅追上去呀，我的托柯。那人笑道。

哼，我就不信，不然我早就寻找我的红牛犊去了。叔叔还是不服。

嗨，这就对啦托柯，还是趁早找你的红牛犊去吧，我想那一定是个极漂亮的红牛犊[1]。不过，我倒是挺想知道她事到如今究竟躲在哪一顶鲜为人知的帐幕里迟迟不肯露脸呀?

你侮辱人。只听叔叔咬牙切齿地说了一句，一刺马肚，手起鞭落，打在了那条汉子的脊梁上。那汉子险些落马，歪了下身子复又坐正，挥舞着马鞭反扑过来。当下里马嘶人吼，鞭声呼啸，两条汉子在马背上扭在一起。高坡上顿时乱作一团。我在一旁束手无策，不知如何是好。忽然，我发现了一个奇迹，一个真正的奇迹——一个骑手，鞍前横驮着那只白山羊，从果子沟口的方向飞驰而来，看看就要到高坡底下了。在他身后，逶迤涌动着无尽的马队，宛若一条黑色的巨龙滚滚而来。

那羊被夺回来啦!我发现自己异样地大呼了一声。

---

① 哈萨克语原话此处应为库那金，一般暗指少女。

高坡上顿时静了下来。有那么一会儿，他们一个个愣怔在那里，不知究竟发生了什么。刹那间，是叔叔第一个驰向了坡底。那些骑手好像这才醒悟过来，纷纷策马跟下坡去。那骑手身后已经有几骑撵了上来，一位骑手甚至俯身够着了从他胯下露出的羊腿。骑手们全然顾不得缰绳了，听任坐骑载着他们歪出路面，拐进麦田里去了。

高坡上的骑手们跟着抢进了麦田。

那从后面追来的骑手们陆续赶到。于是，一场真正的争夺在冬麦地里展开。已经没有人记得这里是冬麦地，只是那圈子越围越大，越收越紧，谁也别想从中突围出来。就在这时，那个麻脸汉子骑着他的虎纹色犍牛赶到了。闪开！闪开！他得意地大声呼唤着，朝那个圈子里挤去。没有人理会他的喊叫声。然而，正是那头满嘴吐着白沫的虎纹色犍牛，硬给他破开了一条通往圈心的通道，转眼又从圈子里冲了出来。我从来没有见过犍牛也会有这等雄威——只见那只白山羊明晃晃地横在麻脸汉子前面，任凭骑手们左右夹击，那犍牛虎虎地晃晃它巨大的犄角，不让任何一位骑手轻易靠近。

他们俩配合得多么默契呀，我简直惊呆了——那麻脸汉子才刚刚靠近冬麦地边，叔叔忽然从一旁闪了出来，接过那只白山羊，便一溜烟尘消失在切过墓地的弯道那边了。今天我才目睹了霜额马奔驰的奇姿，它简直像一条黑绒铺展开来，又像一阵劲风卷过山岗。

所有的骑手潮水般朝着那条切过墓地的弯道压了过去。

我也被这汹涌的潮流卷走了。

……在一个山洼那边，我和几个牧场的骑手追上了叔叔。他正信马由缰缓缓行走，显得十分自在，只是不见了白山羊。

叔叔，羊呢？我急不可耐地问道。

我说艾柯达依，咱们的红牛犊今天算是找着了。叔叔望着我笑道。

喂，好汉，羊呢？这时，从后边又跟上来几个牧场的骑手。

给了卡布丁书记了。叔叔说。

卡布丁书记？骑手们不觉一愣。

正是卡布丁书记。叔叔说。我刚才从喀喇布拉克源头翻过山梁时撵上他的，他说到公社开会来着，我就不由分说把羊塞给了他。他的马快，不然他们会追上我的。叔叔说罢，自顾吹着一支轻快的小调走在前面，对谁也不作答。一大群牧场的骑手簇拥在后，与落日的余晖一同翻向了乌拉斯台山谷。

在一片苍茫的暮色中，我们终于回到了自家的拴马桩前。

祖母正在那边给花母牛挤奶。

孩子们，找着红牛犊了么？她急切地问。

我们找遍天下也没见您的红牛犊的踪影。叔叔一边给霜额马松着肚带，一边说。

说说你们都走了哪些地方吧。祖父从羊圈那边走过来说。

爹，我没说么，我们差不多走遍了天下。叔叔在给他的霜额马梳理着鬃尾。

真主啊，怎么偏偏走失了我这一头红牛犊呢，吠！祖母拍了一掌花母牛，大概它是走动了一下。

祖父默默地走到门口靠在墙根蹲了下来。祖母还在絮絮叨叨，我却在一旁含笑不语。

掌灯时分，家犬一阵紧吠，接着从马背上传来一个汉子的声音：托柯，喂，托柯，快走吧，那白山羊被卡布丁书记丢在麻子家帐前了，他们已经把肉下了锅，让我叫你吃份子[①] 去。

祖父和祖母闻声不由得先是面面相觑，而后会心地笑了起来，看来你们爷儿俩真是为了给我找红牛犊跑遍了天

---

① 哈萨克风俗，叼羊回来，由那几个出力的骑手分享。

下，快去吧，别少了你们份子。祖母搁下手中的茶碗，冲着叔叔笑道。

我忍俊不住，跑出屋来，马背上竟是那个在高坡上与叔叔要以马鞭见个高低的汉子。

风化石带

冬天即将来临。

哈萨克人开始为即将到来的冬季忙碌着。爷爷奶奶开始有点着急，他们说，冬天已经拖着寒剑走来，你们爷儿俩得进山弄点作过冬木柴的原木去了。奶奶说的就更直了，红牛犊[①] 没找到也罢，但冬天总要过的，没有木柴怎么过冬?！自从那次我和叔叔去找红牛犊无果而归，叔叔又忙活了几天，还接连逢上了两场秋雨，没法上山砍伐。所以，爷爷奶奶真有些着急了。

那天，早茶过后，叔叔对我说，走吧，艾柯达依，咱们得弄些原木去了。说着，他骑上了自己那匹心爱的霜额马，让我骑上了一头棕色犍牛，带足了驮运原木的鬃索，我们从阿拉尔-河汊洲岛出发，向乌拉斯台山谷里的耶柯阿夏-双岔沟右首的玉塔斯方向走去。

临出门时，奶奶说，你们爷儿俩这可是去进山砍柴，可别又忘了正事，半路上变成赴喜筵玩叼羊去了。

叔叔笑道，怎么会呢。

爷爷嘱咐一句，别为了图省事砍来青树，一定要砍来枯树。

乌拉斯台是坐落在天山山脉北支——伊陵塔尔奇山

① 在笔者另一篇小说《红牛犊》中描述过关于寻找红牛犊而衍生的故事。

腹地自北向南走向的一条山谷。山谷里流淌着清澈的乌拉斯台河。河两岸是茂密的野生苹果树、杏树、山楂树、忍冬、醋栗、栒子树、毛蕊枸杞、黑果小蘗、稠李、野蔷薇，还有雪柳、山杨。再往远处，从深山峰脊上探出墨色的云杉林杪梢，像一列列身披斗篷的武士，那阵势煞是好看。叔叔今天的心情很好，他开始侧身歪坐在马背上——准确地说，是坐在鹰头鞍上那用黑条绒布包了面子的鞍褥上，十分惬意地唱起了塔塔尔小调来：

天鹅飞翔靠的是翅膀呵
男人的翅膀是骏马
在异地他乡飘泊得久了
连心上的人儿都会忘
……

此时已是深秋，绣线菊花蕊已谢，换上了白绒绒的羽蓬，它的藤蔓缠绕在野蔷薇和那些低矮的灌木丛上，就像顽皮的牧童反穿了皮袄，毛茸茸的令人怦然心动。

山口地带坐落着三座水磨。人们到现在还用原先的磨主名来称呼它们。第一家也是最下首一家，磨主名叫毛乌特，是个哈萨克人。再往上走，第二家也是一位名叫萨罕阿吉——一位曾到麦加圣地朝觐过的哈萨克人开的磨坊。

他家的磨坊曾让一位名叫索德尔的俄罗斯人掌管。

第三家，也是最上首一家，是一位叫欧赛列的俄罗斯人开的磨坊。记得小时候，我和爷爷到这个俄罗斯人的磨坊磨过面。那是一个长髯飘胸的俄罗斯老人，他的发须已经灰白，但走起路来步履敏捷。他的家就在磨坊边的河汊上，茂密的野蔷薇、醋栗、栒子树、毛蕊枸杞环抱着他家用云杉木垛码起的木屋。他家后园，架着十几只蜂箱，便是他的养蜂场了。

不过，此时毛乌特家的水磨已经荒废。听大人们说，毛乌特被定为恶霸地主，早在解放初期枪毙了，水磨也早已荒废。奶奶有一次悄悄告诉我，那个毛乌特是咱家的亲家，我的二姑妈曾嫁给毛乌特的儿子，毛乌特被枪毙后，他的儿子被定为“四类分子”，一直被他们达尔基牧场管治着，他们的夏牧场与我们隔着几座大山几条河谷，冬牧场也在遥远的伊犁河岸，她也多年没见到我二姑妈了。末了，她叹了口气，这可怜的孩子，她说，你瞧生她养她的我们是贫农，而我女儿却成了“四类分子”，真是命啊。奶奶好像用裙裾抹了把眼角，又叮咛我一句，好孩子，这话可不敢在外说出去。我认真地点了点头。自此，这事成了我和奶奶之间默守的秘密。

萨罕阿吉家的水磨也已年久失修，无人照料。只有这个俄罗斯人欧赛列的水磨磨盘还在转动，只是早已易主。

现在是乌拉斯台牧场三生产队的磨坊。那个俄罗斯人早已移居，也有人说去了澳大利亚。大人们都这样说，莫衷一是，我就更是搞不清楚。眼下，除了水磨巨大的花岗岩磨盘转动时发出的嗡嗡响声，还有从水槽倾泻而下的水流声，撞击在磨盘木轮桨片上的水花粉碎声，除此，四下里寂静无声。阔叶乔木只剩下伸向秋空的光秃秃的枝梢。木屋早已人去屋空，木屋后园的蜂箱也不见了踪影。

我们走过磨坊，便进入了乌拉斯台河谷。左侧第一条岔口进去，叫碧海霞塞的山沟。叔叔说，这条沟之所以以女人的名字命名，是因为曾经有一个名叫碧海霞的寡妇十分富有，她家成群的牛羊和马群就在这条沟里牧放，因此得名。

再往前走，在河的右岸，有一块湿地。人们叫它萨罕阿吉草地。就是那个第二家水磨坊昔日的主人。湿地边上，后来牧场修起了一座药浴池。每年春天，剪过春毛的羊群，都要在这里药浴，以防绵羊患皮癣，影响羊毛产量。那时节，这里就会充满克了林（煤粉皂溶液）刺鼻的气味。说是药浴池，其实是一个水泥修筑的狭长地槽，我去仔细看过，地槽两端高中间低凹，当灌满溶解了克了林的溪水后，便将羊群从地槽的这一头赶向另一头。于是，一只只绵羊被迫蹚过充满药水的地槽，浑身变得湿淋淋的，便在草地上抖着身子，试图竭力甩干浸入羊毛根须的药水。最终，药浴池里的药水便要排进清澈的乌拉斯台河里去……

我总觉得那药浴不是一件爽快事，一闻到那克了林古怪的气味我就要反胃，就连羊群也要遭受折磨，更不要说那洁净的河水会有多难受。我曾问过那位掌管药浴的畜牧师，我说，这样把药浴池里的药水排进河里，水不会脏么？下游的人畜还怎么饮水？那畜牧师用不屑的眼尾余光乜斜着扫了我一眼，俯视着我说，傻小子，你不知道河水是活的，穆斯林称流淌的河水滚了七遭便会自洁么？去，快骑你的牛犊子到河边玩去，别在这里给我添乱。对了，你可千万别憋急了朝河水撒尿，那才是造孽呢。末了，他还没忘记揶揄一句。朝河水撒尿，在哈萨克人看来是最大的罪过。要说谁家的孩子无法无天，不用说别的，只说一句，嗨，那小子敢往河水撒尿，一切都明了了，不用再说什么。

在人们看来，畜牧师一年四季也就这么几天，给绵羊药浴时似乎是绝对权威，平日里还不如兽医风光呢。我也当即调侃他，阿嘎（大哥），要说往河水撒尿，还得向您学着点儿呢。畜牧师愠怒地向我扬起马鞭，我立即哈哈笑着跑向了草滩……

这不，在湿地的上方，有一处浅滩，便是徙涉口。我们骑着驭畜从这里涉水过河，来到东岸。于是，茂密的野果林、野杏林铺天盖地而来。春日里野果、野杏花开，连成一片花海。夏日里人们都要上来摘杏。秋日里也要捡了野果去晒果干。而现在树叶已经落尽，偶或这里那里的，在枝头上还挂着些干瘪的果实，连喜鹊都不愿去啄食，它们只好追忆着逝去的夏日时光。

从徙涉口过来，哈萨克人叫铁列克齐赛。翻译过来就是杨树沟了。

那是一条很深的山谷，长满茂密的山杨林。从这条沟上到山顶，那里是一望无际的高山草原，十分舒惬。我们家族的人每年都在那里度夏。记得有一次我和一位牧人下山，就走的是这条山沟。我是为在山下打草的爷爷送些马奶和酸奶去。我的马鞍后面两边系着两个皮囊，一个盛了马奶、一个盛了酸奶。那天，牧人赶了一头乳牛，那牛犊稍大了些，在路上乱跑，牧人嫌烦，便逮住牛犊，将项圈绳拴在了乳牛尾巴上。这样果然奏效，牛犊只好乖乖跟着乳牛走。但是，意想不到的事情还是发生了。当我们进入铁列克齐赛时，沟底林木密布，牧道窄小。牧人只顾在前面牵着乳牛引路，我在后面跟进。为了赶路，牧人鞭催着坐骑速步下山，那阵势也是风风火火的。突然，一棵桦树兀立于牧道中间，牧人牵着乳牛从一侧闪过。就在这时，那头该挨刀的牛犊突然从树的另一侧闯过，只听咔嚓一声，乳牛的尾巴尖落在了地上——被牛犊隔着桦树干拽断了。乳牛只是“哞”了一声，由不得它被牧人牵着飞速向山下奔去。那赤裸的牛尾尖上，血一滴一滴地洒在牧道上。失去了牵力的牛犊拖着项圈绳一路小跑着跟在乳牛后面，项圈绳末端乳牛的断尾像一把小笤帚在路面不住地跳荡，扬起一缕细尘。我想策马赶上去，但沟里丛林密布，我的马鞍后边那两个皮囊滚来滚去，无法穿行，万一扎破了它就更糟了。我在后面索性喊了起来：牛尾巴断了！牛尾巴断了！那牧人压根没有听到抑或没有理会我这小孩子家的喊叫声，一路奔去。直到谷底，他才发现牛尾巴断了。他摇了摇头，冲我无奈地笑笑，便在乌拉斯台河岸土崖上抓了一把被阳光暴晒得发白的黄土，涂在了牛尾巴上，那血果然止住了。从此，这条沟在我心里便更名为牛犊沟。

当然，这只是我一个人的秘密。

我说，叔叔，咱就在这条沟里砍原木吧。

他还在兴致勃勃地唱着天下的小调。他只是十分俏皮地摇摇头，以示回答，紧接着又转换了另一首哈萨克人的小调，唱得更加投入了：

迁徙的队伍走过喀喇套山
有一只随行的驼羔在撒欢
你的阿吾勒远去了呀我的心肝

黑色的双眼已是泪水涟涟

……

再往前就是翁格尔塞，意思就是山洞沟。沟口上有一面巨大的峭壁，峭壁上有一线排开的三个山洞。奇怪的是，三个山洞都呈有规则的长方形，其中有一个，洞口下方有明显的塌陷。这面峭壁加上这三个山洞，很像一个三只眼的怪物守候在那里。我每次经过这里，都要致以注目礼，总想看清那洞里究竟隐藏着什么。不过，这条山沟中树木不多，没有我们可以伐取的原木，倒是灌木丛密布。

穿过一片密不透风的野果林，很快就要到耶柯阿夏-双岔沟了。我忽然在一棵果树干上看到一个硕大的结子——哈萨克人把它称为"果种"，那是天然的颜料，用它来染制皮裤，最好不过了，一件件的皮裤会被染成古铜色，十分爽眼且永不褪色。谁家巧妇要是得了"果种"，肯定会大显身手，赶制几件皮衣皮裤的。我把我的发现告诉叔叔，要不要先把那枚"果种"摘下来。叔叔说，那会费时的，我们先伐木去，回来的路上再取这"果种"。我说等我们回来它还会在么？叔叔说，它都在这里等候了我们这么长久，不会被别人看到的，归我们的，终归是我们的，走吧艾柯达依，咱们还得赶路呢。

从耶柯阿夏-双岔沟，乌拉斯台河谷就要分为东西两条大沟，向东的是玉塔斯沟，在沟的源头，那石山的轮廓就像一幢幢房屋，由此得名。往西去叫阿克塔斯（白石）沟。那条沟里，石峰峭壁拔地而起，那一扇扇的洁白石壁巍峨险峻，直逼苍穹。我后来走过许许多多名山大川，但始终再没有见到如此雄伟、洁净的石壁的气势。阿克塔斯沟的尽头是一片优美的草原，当你走出石壁紧锁的沟底时，眼前豁然开朗起来，恍若走进一片神话世界，令人惊诧不已。

在耶柯阿夏-双岔沟，有县食品公司牧场的定牧点，我的一个姑姑家就在这里守定牧点。他们还种植了一大片的苜蓿，为的是冬日里饲养他们的乘骑。现在，苜蓿地只剩下被芟镰齐刷刷打过的枯黄草根。而在他们家马厩上，高高地码着干青色的苜蓿垛子，向世人无声地宣示着这家主人的勤劳与远识——他们过冬的储备早已齐备停当。

叔叔只是跟姑姑家打了个招呼，并没有下马的意思。他说，不在他们家逗留了，还要往前赶路，到养蜂场大姑家喝午茶，然后就进山砍柴去。

姑姑立在门口，很有些紧张地说，奶奶是不是还在生他们的气？也真是，牛群里偏偏怎么就走丢了她老人家的红牛犊，都怪这老鬼没有看好！她责怪起姑父来。气氛出现了瞬间的尴尬，时光似乎凝固了那么一会儿。

叔叔却说了一句，嗨，那是长了四条腿的牲灵，看是看不住的。他歪骑在马背上顺便问了一句姑父，你老人家最近进山看你下的铁夹子时，有没有留神在哪片林子里有枯树？还是只顾了自己的猎物，忘了睃一眼那些林子？

姑父捋了捋山羊胡须，有些矜持地笑了。他说，都这会儿了，晚了，还指望谁会在深秋里给你留下一棵枯树不成？你瞧瞧我们这些勤快人，过冬的木柴已经码了好几垛了。他对他这个小舅子不无揶揄道，去吧，天黑前你要是能找到一棵枯树，晚饭就在我这里了。

叔叔卷了支莫合烟点燃。姑父是不吸烟的，从兜里掏出鼻烟壶，享用着用杜仲树皮灰和烟叶自制的鼻烟纳斯拜。似乎男人之间的交流，有时就这样简单，一支烟或一撮鼻烟，就齐了。

天下事也都这样简单该多好。

大姑姑家养蜂场分在两处。每当夏天，草原上鲜花盛开时，他们就要搬到卡拉噶依勒塞——松树沟上方的一条小湾那里，在那里有他们家盖好的木垛蜂房。

夏日里他们将蜂箱一一搬出来，安置在密林间的小篱笆栅墙内，为的是怕贪蜜的熊夜里来袭扰。入冬前，他们在蜂箱里撒满白砂糖，就收进木垛房里。自己则要搬到下面背靠阳坡的住房来，度过漫漫长冬。当年，在“大跃进”中，当所有的人去伊犁河北岸的界梁子煤矿那边大炼钢铁时，他们在这里还操持过一个小型奶粉厂，成为一方亮点。在我的模糊记忆中，似乎很多领导都来这个作坊式的奶粉厂参观考察过。那时候，小汽车是开不进乌拉斯台河谷里来的。何况县级领导还没有配备小汽车，都是骑着优雅的各色花走马驰进乌拉斯台河谷的。当然，还会有坐着六根棍马车进来的，那已经是相当奢侈的了。不过，在哈萨克牧人眼里，只要是男人，就应该保持武士的风格，应当骑着快马进山。乘着马车进来，有一点臀下沾不了马背的娇嫩感觉，抑或是游走商人？说实在的，他们不会从心灵深处接纳。或者说，让你客客气气地进来，又把你客客气气地送走。换一句话说，你可以趾高气扬地进来，还可以趾高气扬地出去。但是，你和这块谷地的缘分，犹如一场过雨，从天上下来，从地上流走。当然，云来了雨将下来，水走了石头尚在……

后来，因为奶源不足——确切地说，鲜奶按时收不上来，这座小奶粉厂被废弃了。也有人说，当时上面有人发话了，说大炼钢铁搞什么奶粉，所以就停了。我迄今记得，跟随消灭疟疾治疗队，我跟在父亲后面颠颠地来到这个小奶粉厂，初次看到乳汁变成干粉——奶粉的感觉。我记得我这位大姑姑在我的额头深情地亲了一下，用一只小瓷碗盛了满满一碗奶粉给我吃。确切地说，我有一点羞怯——当着那么多人面，我捧着碗吃这个新鲜玩意儿，多不好意思。我忽然觉得就像我家的那条小狗阿克托什（白胸脯），在一些客人到来时，给它往食盆里倒进一些奶渣，它却很是忸怩地舔食情景。但是，我依然不可思议，那洁白美丽的乳汁，是怎样变成这毫无活力的干粉——奶粉的呢？我还是小心翼翼地舔了舔那碗奶粉，似乎我不这么做，就觉得对不住我这大姑姑——她在含笑看着我呢。那眼神里有一种满足，有一种鼓励，有一种期待，有一种信任——那是一种源自血脉的信任。这可是她亲手制作的奶粉，我对她充满崇敬。我的舌尖只那么一触，便感觉到了一种异样的香甜。是的，那是牛奶的味道，但又分明不是。那是一种不同于牛奶的甘甜，有点干燥，有点陌生，有点溶化的感觉。就在那一瞬间，这种奇特的味觉记忆铭刻在我心底，迄今不能释怀。

现在，这个小奶粉厂就成了大姑姑家的冬驻地。

正是盛夏时节，我来到大姑姑家，赶上他们在割蜜。新割的蜜就像一碗新沏的红茶，清纯透明，芬芳四溢。大姑姑给我接了小半碗新蜜，说，喝吧，艾柯达依。那蜂蜜散发着百花的奇香，很是诱人。我喝了一口，甘甜无比。蜜汁从嗓子眼里润润地滑下，不像茶水那样顺溜，却依照它自己的特质柔柔地滑向胃里。有点腻，却又令人惬意。我把小半碗新蜜喝完了。那种回味却在我舌蕾间奔驰、弥散，一种快乐和满足迅即在我周身溢流。我仰头望了望天，阳光是那样灿烂，碧空如洗，而在我的耳畔山风轻拂，带来蜂群轻轻的振翅声。一切都那样甜蜜。不一会儿，我开始感到口渴，胸中似有一团火在燃烧。我知道，那是刚刚喝下的新蜜的作用。大人们都在忙活着割蜜，还没有到午茶时间。我便溜到小溪边，匍匐在那里美美地喝了一顿凌冽的溪水。胸中的那团火似被压了下去。

我和叔叔在大姑姑家喝足了午茶，开始向森林进发。遥遥望去，满眼的林子却没有一棵枯树的影子。大姑父也是个好猎手，他说前些日子走过阳坡一条山沟，在沟顶峭壁边上见到过几棵枯死的松树，只是那边山道不太好走。要去就早点出发，也好早去早回。

这条沟叔叔说他也从未进过，更不要说我了。当我们从沟口进去时，沟的走向让我感到新鲜。明明是向北进的沟口，却忽然深深地折向正西，似乎要和阿克塔斯沟遥遥相连。沟口都是些山杨林，此时树叶落尽，唯有树梢上依稀挂着几片黄叶，随着山风瑟瑟抖动。

叔叔的兴致没有上午那么高了。他现在没再吟唱小调，只是偶或吹起口哨，一脸的严肃，目光始终在山峦上的森林杪梢扫来扫去。我知道他是在寻找枯木。是的，哈萨克人忌讳砍伐青树作柴薪，那是罪孽，所以早上爷爷还在特意叮嘱。由于我骑着犍牛，走不快，叔叔骑着马也快不了，我们只好按照犍牛的步伐前行。没想到这条沟里边还要分岔。我们将一条岔沟走到头时，也没有见到大姑父所说的峭壁，更没有枯死的松树。叔叔说，看来我们走岔了，回返吧，可能是在另一条岔沟里。

太阳已经明显西斜。棕色犍牛不紧不慢地将我们悠到了岔口。再从这里往里走去，渐渐看到一些嶙峋怪石。从地往上看，像是大姑父所说的去处。当我们走到沟的顶头时，确实看到并排有几棵枯死的松树——哈萨克人把这种枯死而没有倒伏的松树称作阿柯松科，只能用来作柴禾烧，火势很旺。远远望去，只见它们耸立在峭壁下方的风化石带，通往那里连一条牧道都没有。我和叔叔只好挥缰让驭畜走着之字形，向那里攀去。

当我们终于攀到枯树下时，太阳已经衔着西边的山岭了。棕色犍牛满嘴冒着白沫喘着粗气，叔叔的霜额马也是汗涔涔的。我们把犍牛和马拴在一旁，叔叔开始挥斧伐木。斧刃笃笃的砍在树干上的声音在峭壁下回响，复又荡向远山。白色的木屑飞溅，斜线散了开来，落在风化石带，没入那些碎石中去。

从这里望去，那山坡真陡。不知刚才棕色犍牛和霜额马怎样驮负着我们攀上来的。现在看下去都有点虚玄。不一会儿，叔叔就把一棵枯松放倒了。他干得很漂亮，让松树向高处倒下，这样待会儿驮运时顺手，要向下坡倒去那就惨了，非得把它顺到沟底才行。但现在天色已晚，根本来不及顺到沟底。

叔叔点了一支烟，他说歇口气还得砍一棵。跑了一天才找到这几棵阿柯松科枯树，他有点舍不得。我开始去砍掉它的枝杈，不然一会儿会到处卡住，没法运走。

又一棵枯松被放倒了。当我们砍净松枝收拾停当时，暮色已经徐徐降临。

叔叔说，我们没法下到沟底了。

他望了望东边的山脊，说，我们从山脊上下去。

我看了看，那山脊似刀刃。

叔叔似乎看出了我的心思，说，只能如此了，艾柯达依。

我默默点了点头，把棕色犍牛牵来。

在这风化石带的陡坡上，人畜走动都很困难，脚下的碎石随时在哗哗地流动着。何况还要载出两棵原木来。尽管枯松少了水分会轻一些，但毕竟是松树，木质沉，而且每棵都有七八米长——尽管为了驮运方便，我们把树梢截去不少。眼下只能一棵一棵地先转运到山脊上，再从那里拉下山去。

棕色犍牛已经缓过劲来，嘴上白沫已净，呼吸也很平静。现在全凭它了。我们将松木的粗头架在犍牛背上，用鬃索扣紧，我牵着它向东边的山脊移去。

当我们把两棵原木都转到山脊上时，天色已经完全黑了下来。夜空中满天星斗低垂，似乎触手可及。山风阵阵袭来，已经有了寒意。我们将两棵枯松一头架在牛背上，一头着地，开始向山下摸去。

还好，山脊上有一条时断时续的牧道。棕色犍牛沉稳地迈着牛步。枯松着地的那一头，不时地碰到山石，发出清脆的响声，从这山脊上蔓延开去。有时，那声音会有一种金属的质感。叔叔骑着霜额马在前边引路，我骑着棕色犍牛紧随其后。

直到此时，我才感觉到饿了。中午的茶早已不知去向，尽管我美美地享用过大姑姑家的蜂蜜和酥油，但是现在已经饥肠辘辘。叔叔说，饿了吧，艾柯达依，咱们等一会儿就到山下了。我说，没事的，叔叔。

圆圆的月亮不经意间从东边升起，把银辉洒向山峦。我发现原来月亮也能照亮天下。现在，远处山峦的轮廓依稀可辨，足下的牧道也能瞧见了。棕色犍牛十分老到地认着牧道，顺着这无限延伸的山脊走来。其实，这山脊方才看着似刀刃一般，现在看来并不那么奇险。我暗自庆幸。

然而也就在此当儿，叔叔从前方唤道，小心，艾柯达依，这里有石坎。我看到从他马蹄下马铁掌碰着岩石迸出的火星。是一块巨大顽石形成的石台。牧道是从这石台上越过的。我从棕色犍牛背上跳下来，把它的鼻绳盘在犄角上，任它自己下去。只见那棕色犍牛庞大的身躯一跃而下，稳稳地立在石台下面，遂又径自朝前走去。两棵枯松也在石台上发出响亮的碰撞声和着地反弹声，在月光下反着白光。接着，顺从地随着棕色犍牛而去。我为棕色犍牛感动起来，它可真是我忠诚的朋友。叔叔也兴奋地喊了起来，好样的！棕色犍牛！

现在，山脊变得缓和起来，牧道折向了山侧。河水的喧哗声已经隐隐可以听到，显然，我们已经接近河谷。叔叔说，我们离开牧道，顺着山势走下去吧，肯定能直接下到玉塔斯沟底的。

我们忽然走出月亮的光区，进入对面的山在月色中投下的阴影里。不一会儿就走在了河边。夜里的河水喧哗声盖过了一切。枯松木触地那一头发出的声响，完全被河水声吞没。当经过大姑姑家门前时，她家窗口透着马灯的光亮。叔叔让我在路上等着，自己拨转马头到大姑姑家门口，立在马背上报了平安，便匆匆地赶了回来。

于是，到了耶柯阿夏-双岔沟，在姑姑家下马进晚餐。叔叔和姑父调侃了一阵，便要重新上路。姑姑和姑父一家都要我们住下，等天亮再走。但是叔叔执意不肯住下，他要连夜赶下山去。他说，哈萨克人为了砍柴还在山上住一夜，这话让人听了我丢不起这个人。就是连夜爬我也得爬出乌拉斯台河谷去。

从姑姑家出来，可以看到这里那里的发出牧人家暗淡的灯光，传来哈萨克牧羊犬雄浑的吠咬声。

当我们经过我看到那棵果树上生有“果种”的野果林时，我们还是没能停下。也许，我将和这枚我所发现的“果种”永远失之交臂，我在心里暗忖。但是，我对我白天的发现很满足。那枚暗红色的“果种”的纹路此时在我眼前依然清晰可辨。

叔叔叼着的烟卷亮了一下，我想象得出从他鼻孔冒出的那一缕烟，是怎样携着他肺腑深处的舒惬弥散开来。艾柯达依，让我们的“果种”继续留在那棵树上吧，属于我们的，依然会是我们的，咱们先赶路吧，艾柯达依。叔叔的话语夹杂在原木着地那头划出的声响和远处河水的喧哗声中传来。我没有回应，只是点了点头。我想，叔叔是能感觉到的。

金色的秋叶

一

秋天悄然无声地降临了。瞧，满山遍野的桦树不知不觉已经换上了迷人的金色秋装。那桦树林下的一片片混生的山杨、花椒、雪柳、山楂、野果、醋栗，也都纷纷仿着桦树的模样，努力改变着被夏日的烈阳涂染过的浓绿盛装的色泽。就连丛生在那条永不疲倦的小溪边上密密匝匝的水柳、杜仲，也披上了婀娜的秋装。整个山野在秋色中变得更加端庄、典雅、娴静。唯有那雪线下的雪杉、冷杉、云杉、桧树依然故我，仿佛竭力要用自己顽强的生命来为这秋天的世界保住一片绿色。然而，倘使您稍加留意，那绿色已不再像夏日那般鲜亮，分明带着秋时的墨色痕迹。雪山却像一位慈父，默默注视着自己脚下这一片沉醉在秋色中的世界……

总而言之，这里的秋色并不像人们常说的那样一派萧飒残败。坐落在那个山坳口上，依山傍水的那一座座木屋组成的小小村落——林场——更是为这里平添了一分勃勃生机。从那里升起的袅袅炊烟，飘出的阵阵歌声，和那傍晚时分归圈牛羊的哞咩声，以及深夜里的犬吠声，都会使人更加迷恋这一片秋色中的山林世界的。可是，让山里人颇为不平，或者确切地说——更为恼火的是，所有的夏日里蜂拥而至的山外来客，此刻一个个都像逃避瘟疫似的，早已躲回了他们在山外城里的舒适宅邸。那些人从来都是属候鸟的——一旦夏日的明媚阳光普照大地，便会争先恐后地挤进山中，一夜之间沿着那条清澈的小溪支起他们雪白的帐房，宛如雨后芸生的蘑菇，银晃晃的。于是，山野再也不会得到片刻的宁静。直到秋寒渐渐迫近，他们又在一夜间留下一片狼藉的营盘，拆走他们雪白的帐房。那些人不懂，也许永远也不会懂，大自然赋予山野的景色，四季都是迷人的。他们满足的，仅仅是充满绿色的夏日的一瞥而已……

当然，在所有山里人中，最为感慨的，莫过于我们的阿尔曼小兄弟了。他两年前从县里的中学毕业回来，一个人掌管林场那个有六间木屋的招待所。因此，他的体验可以说更为准确，也更为深刻。比如在夏日里，他起早摸黑，为了款待那些来宾，整日疲于奔命。可是一到秋天，他的小招待所便会忽然冷清下来。于是，只有他自己，孤零零地陪伴着曾经喧闹一时的六间木屋，度过那难挨的、寂寞的、漫长的秋、冬、春。他和这些木屋已经度过了两个这样寂寥的年头了。他很难记起在除了夏日以外的漫长时光里，到底有谁光顾过他的木屋。有时候，为了不让那些空荡荡的木屋感到冷落、凄苦，他会挨个儿一间间地住过来的。即使是冬天，他也会一间间地挨个儿生火住宿，与那四壁倾谈心中的酸楚，从而排遣时光。自打今年入秋以来，他索性连那些门前晚生的杂草、飘零的枯叶也不清除了。要不是那条由他每天踏入木屋的小径还留有一丝人迹，乍一看去，此时此刻，外人决然不肯相信这就是堂堂的林场招待所。然而，谁又能料想到，恰恰就是在这无人问津的时刻，居然会有一位城里来的稀客光临这一块随着秋天的降临而开始被淡忘的世界呢。而且，这位稀客还是个女的。

二

一层淡蓝色的薄纱轻轻地罩住了小小的村落——那是从林场家家户户的烟囱里浮升的炊烟，在静静地飘散开来，向四野里弥漫着。太阳还没有升上天空，不过，它已经从庄严的雪山背后把万道金光射向了晶蓝的天穹，雪山披着一件耀眼的光衣，正在向谷底的人们无言地宣告，新的一天已经诞生——至于太阳，要不了多久，它会被无形的巨掌托出地平线，然后慢慢地悬挂到中天去的。眼下，对于幽深的谷底世界来说，能够见到黎明的曙色就已经足够了……

阿尔曼揉了揉惺松的睡眼，走出门来，舒服地伸了个懒腰。早晨的空气格外清新、湿润，还夹杂着一丝满山遍野的落叶散发出的特殊芬芳。他深深地吸了一口略带几分寒意的空气，顿时觉着一股馨香浸入了自己的每一片肺叶。那甜丝丝的滋味儿，径直向他每一根神经末梢袭去，使他那颗扑扑跳动的心儿都紧缩了，浑身一阵阵颤栗起来。他贪婪地呼吸着，久久仰望着那座迎门而立的、镶嵌着耀眼光圈的巍峨圣洁的雪山……

他顺着那条由他一人踩出的小径朝家走去。他的家就在被淡蓝色炊烟缭绕的村落一角。自打入秋以来，每天清晨，他一醒来，就要回家去吃早餐的。甚至脸也是回家才洗的。然后，整整一天，他都要耗在林场那个小卖部前。直到吃了晚饭，很晚很晚，他才会晃晃悠悠地回到被他冷落了一天的招待所来。其实，白天到小卖部里来的人，无非是些他所熟识的、每天都要打几次照面的邻里。不过，他觉得这里气氛热闹。那些邻里熟人到小卖部前谈论的话题，和在别处显然不同——永远诙谐、新鲜、有趣（其实，过后再一琢磨，那些话简直平淡到了无聊），那一张张脸上绽现出来的笑容，也是那样的可爱、动人。尤其当有谁已经喝得醉意微醺，开始冲着你憨笑的时候，你会觉得快活，犹如自己也陶然入醉一般。当然，有时候阿尔曼也会在小卖部前呆腻的。于是，他会来到场部阅览室，在那里漫不经心地翻阅那些迟到的报纸和过期的刊物。但这些报刊他都并不喜欢。他最喜欢看的是画报。然而这里的画报又常常残缺不全——新画报刚刚送到，三传两传，不到几天，你就会发现其中某一幅彩色插页已被什么人悄悄剪去了。不久，你便会在某一家木屋的正堂上看到那幅插页。只是谁也不去过问罢了。阿尔曼顶讨厌那些个好剪彩色插页的人，害得他不能好端端地欣赏一本完整无缺的画报。然而，有一次，阿尔曼竟也悄悄地剪下了一幅彩色封底（那是一份被人裁剪过的旧画报，他是从弃在角落里的那堆废旧报刊堆里无意中翻出来的）。这是一个秘密。他至今对谁也没透露。别人也没有发现是他剪去了……

阿尔曼一路低头沉思着这新的一天该如何打发是好（这是他最为烦心的事儿了），不知不觉已经走进那一层淡蓝色的薄纱——就要到家门口了。邻居家那条花狗正冲他摇头摆尾地走来。阿尔曼猛然记起了什么——对了，招待所里还撂着从城里来的女客人呢！他立时抽身向招待所奔来。唉唉，真晦气，怎么就将此事儿给忘了。昨天傍晚，阿尔曼正要锁门回家吃饭的当儿，场部的秘书领着一位女人把他堵在了门口。“我说阿尔曼，这位是城里来的画家同志，要在咱们这里住一段时间，要……嗯……，对了，写生，是写生。你给她安排一下住处。往后她有什么事，你负责照顾，解决不了的找我去。至于吃饭问题嘛，我们想让这位同志在你们家搭个伙算了，一个人不便专门开伙。回去告诉你母亲，缺什么可以到保管员那里去领。好了，就这么着吧。”秘书说罢就把女客人留给他走了。阿尔曼为这突然光临的客人感到一阵由衷的欢欣。的确，在这宁静的秋天，他和招待所的木屋再不会寂寞了。他为女客人打开了当中那一间最好的屋子——其实，每一间都是质地相同的木屋，可他认为当中那一间最好——并且拿来了干净被褥为她铺好。然后，领她回家吃晚饭。整整一夜，阿尔曼的心情一直都很快活——六间木屋不再由他一人空守了。他躺在床上，一想起隔壁那间木屋住着的那位女客人，便禁不住想象着她究竟会把他们林场、山川风貌画成个什么模样。那一片片秀美的桦树林，她会不会欣赏呢？阿尔曼可是太喜欢了……阿尔曼就是在这种愉快的心境中睡过去的。谁知早晨一觉醒来，他竟忘了还有客人这桩事，糊里糊涂走回家来。

眼下，招待所里分外清静。当中那间木屋的窗扇不知什么时候已经打开（这一点阿尔曼方才离去时并没有留心）。阿尔曼本想冲着窗口喊一声：“该吃饭了。”但他觉得这样不妥，对待女客人还是应当礼貌些好。于是，他径直走进了过道，欲到门口请她。谁知房门也大敞着，只剩一间空荡荡的屋子，不见人影。也许，她一大早就散步去了？不过，这里的山间小道可不比城里的马路那么平坦呀。他茫然了，索性走到院里等着。即使女客人走到哪里散步，待会儿总该要回来的吧。

雪山终于把耀眼的阳光托到肩头，又举向了头顶。烟霭织成的淡蓝色薄纱早已从村子上空悄然无声地飘逝。各家各户的奶牛刚刚挤过奶，正在慢慢吞吞地朝村外牧场走去。可是，依然不见女客人回来。阿尔曼不免有点懊丧。那种为这位女客人的光临感到欢欣的心境，不知隐遁到哪里去了。他甚至开始隐隐意识到，这位女客人的到来对于自己来说并非是件好事。按照眼下这么个等法，也许，往后自己整个白天的时间都会耗在招待所里的——说不准什么时候女客人会需要他做点什么。他不由得朝场部小卖部那边望去——那长满杂草的屋顶，从这里可以看得清清楚楚。再过一会儿，那里就会聚拢一大帮人……阿尔曼叹了口气。他现在才真正感到，秘书把一切都推给他，原来是想图个一身清闲呀！真是的，要来个什么头头脑脑的人物，他才不会这般慷慨地让你陪伴，倒要自己有事没事成天跟着那些人的屁股打转呢！阿尔曼厌恶地皱了皱眉头，一种烦躁不安的情绪开始悄悄地爬上了他的心头，他再也不想等下去了，索性到附近找一找看。

三

阿尔曼转过招待所的木屋，茫然望着四周。在他目光所及之处，压根儿瞧不见女客人的影子。他不知道应当到哪里去找她才好。这么早她是不会进山坳那边莽莽苍苍的原始森林的。况且她新来乍到，还不知道那边的路该怎么个走法。小溪对面的草坡上，有几头奶牛正在吃草，此外没有一丝人迹。也许，她会在溪边？阿尔曼拿不准，只是漫无目的地朝溪边走去。他觉得晦气极了。这样的客人着实难以侍候。当他经过一片牧人和消夏者留下的营盘时，将一只被谁遗忘在营盘里的破雨靴，一脚踢进秋黄的荨麻丛中去了。

阿尔曼走进了溪边的密林。从这里，还看不到那条清凌凌的溪水。然而，那流水哗哗的欢唱声，就是在招待所的木屋里也能听见的。阿尔曼顺着一条由畜群踩出的小径走到了溪边。不过在这里也看不到女客人的影子。他走出小径，沿着小溪胡乱摸去。他时而拨开纵横交错的灌木枝条，时而又跃过倒伏的朽木，不时还要抹去黏附在脸上的蜘蛛网。就是他的鞋和裤脚，也已经被草瓣上的晨露打得精湿。可是，依然不见女客人的影子。阿尔曼彻底发恼了，他决定再找一段试试，如果还不见她的人影，就不管了——反正她感觉到饿了自己会回去的。不过，到时候见了面，无论如何不能客气，得要好好数落她几句。不然，让他真真找得好苦。

正当阿尔曼怒气冲冲地穿行在一片白桦林中时，他猛然发现了他的女客人就在白桦林那边的小溪对面！阿尔曼站住了。他直想隔着小溪大喝一声。可是，他想不起女客人的名字来了。记得昨晚她告诉过自己的名字，是叫玛丽娃呢，还是叫玛尔胡娃？抑或是别的什么？他的确想不起来了。可眼下又不能那般粗鲁地吆喝：“喂——！”阿尔曼束手无策了。女客人并没有觉察他的到来。只见她把画夹摆在一块卧牛石上，自己半跪在草地上，不时地抬起头来凝神远眺，然后又匆匆埋下头去涂抹着什么。那神态显得那样的全神贯注，似乎全然忘记了世上的一切。阿尔曼的心头不由得活动了一下，萌生出一丝好奇的念头来——不要惊动了她，悄悄涉过小溪，看看她究竟在涂抹些什么……

“您画得真美。”

当阿尔曼站在女客人身后，禁不住轻声赞叹起来时，女客人猛然回过头来，这才发现身后站着一个人。然而阿尔曼看得清清楚楚，在她的眼神里，除了流露出些微的诧异，没有一丝的惊慌。

“是吗？阿尔曼小兄弟，你是什么时候来到的呢，我怎么一点也没有发觉？”

“我？……我在您身后站了好一会儿了。”阿尔曼忽然腼腆地说。

“噢，我的小兄弟，您怎么也不说一声‘大姐，我来了’？”

女客人的眼睛宁静地望着他，只是脸上显出几分笑容。许是清晨白桦林中幽静的气氛使阿尔曼产生了一种幻觉——在他听来，不知怎的，女客人的说话声竟像一股叮叮咚咚的山泉，那样的悠远、悦耳。他觉得自己就像一只焦渴难耐的小鹿，在一片茫茫无际的林莽中四处奔突，忽然遇见这股清泉——方才那股郁积在心头的怒火，不知不觉释然了……

“我在看您作画……”阿尔曼拘谨地笑了笑，“您画得真美。”

“不，阿尔曼小兄弟，你说错了。是你家乡的山水太美了，真是鬼斧神工——大自然的神奇造化。你瞧，阿尔曼[①]不就蕴含在这里么，我都临摹不过来呢！”

阿尔曼有点陶醉了。他从来还没有听到有谁对他的家乡山水作出这样美好的评价（可不，还把自己的名字与家乡的山川联结在一起了呢）。他甚至为自己刚才无端地怨恨这位女客人而感到懊悔了。他望了望女客人，想说什么来着？他想告诉女客人，是该吃早饭的时候了，可他还是不知怎样开口称呼她好。女客人却一声声亲昵地唤着自己的名字。这使阿尔曼越发拘谨了。他甚至清晰地意识到自

---

① 哈萨克语，意为理想、希望。

己的双颊正隐隐发烧。阿尔曼横了横心，索性就喊她一声“大姐”吧，但他从来不曾唤过什么人一声姐姐——他没有姐姐——所以，这个词在他口中竟是那般生疏。阿尔曼几欲呼出，可最终还是艰难而又干巴地说了一声：

“我想，您……是不是……可以吃罢早餐……再来画？”

“噢，对了，对了，我说怎么心里有点发慌，原来还没吃早饭呢。走吧，小兄弟，要不是你找到这里来，这顿早餐我差点儿忘了呢！”

女客人爽朗地笑着收起了画夹。一路上，她向阿尔曼不停地问这问那——问他的年龄，问他上过几年学，有什么业余爱好，等等。阿尔曼也很想向她问点什么，可他什么也想不起来，脑子里始终是一片空白。

阿尔曼陪着女客人进村朝家走去时，小卖部前已经聚集了一群人。有几个伐木工人正在用异样的眼神朝这边张望，阿尔曼说不出含在他们嘴角的微笑意味着什么。然而，就在这时，阿尔曼的脑海忽然划过一道闪电——他想起了女客人的名字——玛格萨蒂！没错，是这个名字。

四

早餐过后，女客人说她继续要到溪边写生，背着画夹走了。不过，临走，她极客气地询问阿尔曼，明天是否有空可以陪她到山坳那边的原始森林中写生。阿尔曼欣然应诺了。

女客人走后，阿尔曼给家里劈了些木柴，这才走出门来。

雪山已经把太阳悬挂到半空中去了。村里所有的男子汉似乎都已经忙完早晨该忙的活计，一个个聚拢到小卖部前来了。唯有几个从山上下来的伐木工人，看来是被临时抓差，正在村头给几辆拉木头的卡车装原木。除此，秋天的深山牧场好像也没有多少可干的营生了。

阿尔曼习惯地向小卖部前走去。还没待他走近，早上那几个伐木工人便远远地招呼起来。

“过来阿尔曼，到我们这儿来！”

阿尔曼不解地瞅了瞅他们。其实，不用他们招呼，他也是要到小卖部前去的，否则，还有什么好去的地方？

阿尔曼刚刚走近小卖部前，那几个伐木工人便带着一股浓烈的酒气围了上来。

“喂，我说好邻居，早上你领着的那个姑娘是哪儿来的呀？”那条大汉——小花狗的主人——朝他挤了挤眼，以颇为神秘的口吻抢先问道。

“是个画家，从城里来的。”阿尔曼平静地说。但他觉得那问话的口气着实太刺耳了。

“唔。这么说，她是到咱们这儿来画画儿的啰？”

大汉脸上流露出一股让人难以捉摸的微笑来。

阿尔曼点了点头。

“对了，她叫什么名字来着？”大汉又问。

“玛格萨蒂。”

“玛格萨蒂？嗯。不错，不错……玛格萨蒂……”小花狗的主人仿佛在反复咀嚼、品味着这个芳名。

“哦嗬，玛格萨蒂？多好听。我那觅死觅活、至今还不曾寻见的玛格萨蒂[1]不就是她么！”这时，另一个汉子也打一旁插了进来（他的舌头已经不那么灵便了）。“瞧，她可真迷人啊！……”

阿尔曼突然憋红了脸。他仿佛觉着是自己受到这几个醉汉戏弄、侮辱。他真想用顶顶刻薄的言辞回敬几句，然而他的嘴角只是微微抽动了几下，一句话也说不出来。

“你呀，库玛尔别克[2]，也真够可以的了——也不瞧瞧我们阿尔曼小兄弟的脸色。”

“这个该死的秘书，有这等美差，怎么也不想着给咱兄弟们摊上一份儿。”

“好吧，祝你走运，阿尔曼小兄弟！”

“哈哈哈……”

---

① 哈萨克语，意为心愿、目的。
② 哈萨克语，意为嗜好、瘾、着迷。

“哈哈哈……”

那几个醉汉甩下阿尔曼，浪笑着摇摇晃晃地走进小卖部。看样子，他们是要继续泡在酒缸里了。阿尔曼浑身的热血往脑门上涌。他忽然讨厌起这个去处来了。他狠狠地啐了一口，愤愤地离开了小卖部前……

五

阿尔曼直到坐在那排熟悉的木屋前时，方才意识到自己原来已经回到招待所来了。他不知道自己在这里坐了多久。他的确被刚才那几个人气昏了。现在，他已经冷静下来，漫无目的地默默环视着招待所前的场院。

秋日的阳光暖融融地倾泻下来，显得那样的柔和亲昵。村里人家的三五只牛犊正卧在那边的窗前，懒洋洋地晒着太阳。似乎这里早就成了它们无可争议的领地（那满院一坨坨的小牛粪盘，证实它们在此自由自在地享乐已久），根本不把阿尔曼放在眼里。晚秋的杂草也长得真快，当中那屋窗台下的几株蒿草，都快够着窗沿了。而那纷纷飘落的枯叶，早已将满院的场地覆盖。一阵细软的旋风过处，遍地乱红飞舞起来……莫非这就是由自己掌管的那个招待所？记得有一回场部秘书说自己太懒，连招待所门前的场院也不晓得打扫一下，自己还不大服气呢。可是你瞧，那满院的杂草、枯叶，好像总有多少年没有人来过这里，真丢人。不过，自打入秋以来，阿尔曼没有一个白天在这里正经呆过。可是，这也叫招待所么？简直与牧人和消夏者留下的营盘没什么两样！或许，被自己早上一脚踢开的那只破雨靴，此刻就在女客人窗下的杂草丛里安睡呢……女客人？对了，女客人！哦哦……阿尔曼忽然想起他的女客人——玛格萨蒂……是否留心过这一切。更不知道她会作何感想。他只感到脸上火辣辣地发烧，他不由得摸了摸脸颊，生怕被什么人瞅见似的匆忙起身，先驱走了那几头无法无天的牛犊，再趟身进屋取出工具清扫起来。

当他把场院里的杂草败叶清扫一净，坐在屋里翻出他曾经剪下来的那张画报封底，独自欣赏的时候，女客人方才写生归来。

“噢，我的阿尔曼小兄弟，你可真不简单，这招待所的院子一个上午就被你收拾得面目一新了呢！”

女客人还没进门就嚷了起来。阿尔曼闻声匆忙把那张封底塞进了抽屉。不知怎的，他突然感到十分尴尬——女客人果然注意到院子里的变化，说明她对昨天的邋遢样子印象不浅呐。他对自己过去的敷衍劲儿深深地后悔了。

女客人已经走进屋来。她手里捧着一束晚秋的鲜花，那都是一些蓝紫色的不知名的山花。他急忙起身相迎。

“嗬，阿尔曼小兄弟，瞧你的脸红得像枚草莓似的，是不是说你好就害羞了？”女客人说着在他脸上亲昵地抚了一下，“走吧小兄弟，给我开开门。对了，得需要找个空瓶把花儿安顿一下，然后我们就该吃午饭了是吗？瞧，午餐我可没让你到处去找。”

阿尔曼找来了一只落满了灰尘的空酒瓶。女客人十分利落地将酒瓶里里外外刷洗一净，使那只可怜的瓶子恢复了深绿的本色，再灌了水，将那束鲜花小心翼翼地插入瓶口，心满意足地摆在窗台上了。屋内顿时洋溢着馥郁的馨香。阿尔曼惊奇地发现：他们山里人对这几朵山花是不屑一顾的，可是经他的女客人摘回一束往屋里这么一摆，居然也能增添几分生机呢！要是这位女客人能在春天里来，那该多好，可以让她尽兴地瞧一瞧那满山遍野的各色山花。更重要的是，他也可以为女客人每天摘来一捧最艳最美的鲜花……

当阿尔曼陪着女客人走出招待所，再次从小卖部前经过时，那几个醉汉依旧在那里转悠。几双灼人的目光一起朝他们这边投来了。

“啧啧，瞧她那披肩的长发，简直就像一匹黑色的瀑布……”

有谁在喃喃低语。他听出来了，正是邻居那条大汉——小花狗的主人在痴痴地说。阿尔曼周身的血液开始往脑门上涌，他不住地搔着脖颈，仿佛极力要把那舔舐着后颈的火舌般的视线拂去。他不由得烦躁起来，几欲转过身去，把这几个百无聊赖的醉汉臭骂一通。然而，当他忽然意识到他的女客人旁若无人似的昂然走过这里，便从她那凛然不可侵犯的神态中受到了某种智慧的启迪，霎时安静下来，静静地陪着女客人朝家走去……

六

屋外的世界一片迷蒙。哪是雨丝哪是雾，让人无法分清，就连场部的轮廓也在飘逸的雨雾中时隐时现。唯有秋黄的大地在雨脚下轻声嘟囔着。哦，连绵的秋雨开始了。没有闪电，没有雷鸣，淅淅沥沥，时紧时缓，不知何日才终，何时才了。说不定这场秋雨的尾声将以初雪告终……

阿尔曼一拉开窗帘，便怔怔地定在窗前了。他万万没有料到今天会变天的。昨天他就应诺过女客人，今天要带她到森林里写生，可是瞧这倒霉的鬼天气，已经没法出门了。怪不得山外的人一入秋便不肯在山里停留了。

“阿尔曼小兄弟，你起来了？”

女客人的面孔在窗前一闪，还没等阿尔曼反应过来，人已经进了屋门。

“我已经去过溪边了，小溪发水了。真的，那水真大，还连根冲下几棵树呢。”

女客人兴奋地说着，只见她披着一件浅蓝色塑料雨衣，水珠不断地从雨衣下摆坠落在地板上，旋即又纷纷摔碎了。那双鞋早被雨水浸湿了。即便这样，她也没忘了摘一束晚秋的鲜花回来。

“外边冷么？”

女客人随身带进的寒气直扑阿尔曼的脸颊。看来，她是有充分准备的——阿尔曼望着她那件浅蓝色雨衣暗想。

“冷。”许是由于兴奋，女客人双颊闪着红扑扑的光泽。她把雨帽往后一撩，抹了把脸上的水珠，快活地说：“怎么着，阿尔曼小兄弟，咱们吃过饭就可以进森林了吧？”

“这种鬼天气您也要出去写生？”

“怎么，你不信？”

“我是说，这种鬼天气除了羊倌，再不会有谁出屋的。”

“小兄弟，你怕冷还是怕淋？怕冷了我还有一件毛衣给你穿上，怕淋了这件雨衣就归你！”

“这些我都不怕。”阿尔曼讷讷地说，“怕只怕满天的雨雾，上了山您也看不清什么——写生不就是要画眼见的风景么？”

“这你就放心，阿尔曼小兄弟，我就是想在雨中写生。刚才我从溪边过来，山谷那边的雾已经飘散，露出森林的一角，那景色真是棒极了！怎么样，陪我去么？”

“好的。”阿尔曼终于点了点头。

“那咱们就一言为定。”

“一言为定。”……

森林永远是一片神话般的世界。雨后的森林更透着一种迷人的神韵。阿尔曼和他的女客人刚刚登上山坡的时候，雨住了，雾也散了。然而，满天的云层依旧低垂着，隐住了雪山的轮廓。在那遥远的山谷尽头，在铅色的云层底下，滞留着一团乳色的雾幛。空气湿漉漉的，似乎随手一抓便能捏出一把水来。吸在肺叶里也是那般的潮湿、甜润。满山遍野的森林的世界，一夜间已被雨水洗涤一新。那桦树、山杨、雪柳的叶瓣，已被秋风吹得金黄。然而，桦树那秀丽硕大的叶片，却又在金黄中透着几分橘红，有如在山野间燃起的一团团火焰。雪柳的狭长的叶瓣，倒沁着几许橘黄的色彩，掩映着柔嫩青绿的身肢，挤在一起，宛如一群身披金纱的含羞少女，亭亭玉立，显得分外窈窕，娴静。而那高大挺拔的山杨，时时抖落着几片由于吸足了水汽而变得沉重起来的枯叶，伸出光秃的枝梢，簇拥着那些混生于其间的云杉和桧树。当然，云杉和桧树依旧是青春常驻，那一身墨绿的针叶犹如铠甲，被秋雨湿润得更加鲜亮。一棵棵拔地而起，正在嘲讽地望着那遥远的山谷尽头——从凝重的云雾边缘透着寒光的雪线……

女客人望着这一片舒心悦目的森林世界，情不自禁地爽笑起来。她甚至还哼起了一支轻快的歌。在阿尔曼听来，那歌声和笑声恍若一只只快乐的小鸟，那小鸟忽而腾空穿云破雾，忽而又在那一片片金色的秋叶间绕来绕去，给这沉浸在雨后寂静中的森林世界，带来了无限的生机。

女客人选择了一处林中突兀的高地，俯瞰着对面的山坡，开始蘸笔作画了。阿尔曼立在女客人侧旁，时而顺着她的视线，眺望远山近林；时而又收回视线，注视着那张色彩不断丰富起来的画布。渐渐地，画面的轮廓开始清晰起来，那云缠雾绕的群山，那密密丛丛的云杉、桧树，那一团团如丹似火的秋叶，还有那白桦树秀丽的白色躯干……哦哦，阿尔曼简直惊呆了。他今天才从玛格萨蒂的彩笔下真正发现，家乡的山水原来如此的恢宏博大，如此的富丽多娇。就连雨天中的景色，也竟这般的迷人……

细密的雨丝又飘落下来。阿尔曼脱下自己的雨衣，为女客人和她的画夹遮了个小小的雨棚。女客人不安地抬起头来，阿尔曼用微笑的目光回答她。女客人会意地点了点头，便又低下头去安心作画了……

雨丝渐渐地变成了雨线，在阿尔曼的双颊和脖颈上不断地拖出一条条蚯蚓似的水迹。阿尔曼纹丝不动，任凭冰冷的雨水在自己的双颊流淌……

许久，女客人终于如释重负地吐了口气。

“画好了，阿尔曼小兄弟。”

女客人惬意地抬起头来，那双闪闪发亮的秀眸，忽然惊奇地盯住了阿尔曼的脸庞。

“太棒了，阿尔曼小兄弟，从这个角度上仰视，你脸部的轮廓简直太动人了。我怎么就没有早点发现呢。今天回去我一定要从这个侧面给你画幅肖像！”

阿尔曼不由得窘住了。他从来没有想过自己也能上画，一时竟然不知如何是好了。不过，当他看到女客人苍白的嘴唇时，马上意识到身为山林的主人，自己应当做些什么来着。

“您冻坏了，快到那边的云杉底下避避雨吧，我这就去给您生火去。”

于是，不一会儿，阿尔曼便在一棵擎天而立的老云杉下生起了一小堆篝火。老云杉的庞大树冠宛如一把撑开的巨伞，遮住了雨帘，滴水不漏。他和女客人默默地围坐在篝火旁边，静静地倾听着松枝哔哔剥剥的燃烧声，和那簌簌的雨声。有一只啄木鸟——不知在附近的什么地方，正细心敲打着一棵树干。那啄木鸟笃笃的敲打声，在林间引起一阵阵回响……

“对了，阿尔曼小兄弟，”还是女客人首先打破了这种沉寂的气氛，“我一直忘了问问，你是否有姐姐呢？”

“没有。”阿尔曼用困惑的目光望着这位女客人。

“那可正好，你就唤我姐姐好了。”

阿尔曼不由得埋下头去，不知怎的，忽然把脸飞红了。

“瞧你，还害羞呢，叫我姐姐还有什么好害羞的，往后就这么叫我。”

阿尔曼却使劲地摇着头。

……

七

两天以后，雨终于停了。

云飘雾散之后，人们发现雪线已经悄无声息地迫近谷底。此刻，放眼望去，在那白茫茫的雪线上边。依然燃烧着一团团的火焰——那是满山遍野的阔叶林还没有来得及在大雪之前抖尽它们金色的秋叶。所有的候鸟都离去了。仅有几只花喜鹊，在一片片如丹似火的阔叶林上空喳喳欢叫着，飞来飞去……

女客人准备要走了。正好有一辆卡车今天要下山去。倘使不乘这辆卡车下山，往后就会大雪封山，直到来年五月上旬，才会有第一位勇敢的司机开车进山的。阿尔曼已经对司机说好把他的女客人带下山去。司机让他们在小卖部前等候——这是他必经之地，一俟他装上木头，就要马不停蹄地赶下山去。

小卖部前依旧挤满了人。阿尔曼的邻居——那几条汉子，也挤在人群里。他们几次想和阿尔曼打招呼，可是阿尔曼并不想理会他们。不过他已经发现那几个人正朝这边频频张望。没准那几个又在往他的女客人身上乱瞍瞄呢。这些个醉汉！他不由得厌恶地皱了皱眉头，索性背对着他们站住了。

“你瞧，阿尔曼小兄弟，这里雪后的景色更美了，我真的有点舍不得离去……”

女客人不无感慨地说着，掏出速写本在匆匆地勾勒什么。

然而，卡车开过来了。

这个讨厌的司机，简直一分一秒也不肯停留，还没有容得阿尔曼和他的女客人说几句告别的话，便起动了。“再见！亲爱的小兄弟……”女客人刚来得及从车窗探出头来抛下一句，卡车就载着她已经消失在山嘴那边了。阿尔曼黯然神伤地久久凝望着车尾最后隐去的地方……

“客人送走了？”

忽然，有人拍了拍他的肩头。阿尔曼回头一看，竟是邻居那条大汉——小花狗的主人。阿尔曼厌烦地转过脸去，举步欲走，却被大汉唤住了。

“别这样，阿尔曼小兄弟。我知道的，这几天来你不肯理我，是生我的气了。”

“你们那天……”阿尔曼怔了怔，愤愤地说。

“那天我们喝多了，”大汉打断了阿尔曼的话，“那天我们是喝多了，也不知道尽说了些什么，你权当作没有听见好了，怎么样，咱们可以和解了吧？”

大汉说着伸出手来期待着他，阿尔曼迟疑了一下，还是伸出手来握了握大汉那只大手。刚握完手，他就转身急匆匆地走了——他突然想起了一件事——那张画报的彩色封底。他回到宿舍就取出它，端端正正地贴在了床头。端详了一会儿，这才心满意足地打扫卫生去了。

傍晚，场部秘书来到招待所，他本想对阿尔曼近来的工作挑挑刺儿的。没想招待所里一切都井然有序，他不禁暗自吃了一惊，一时间闹不清其中的奥妙何在。不过，他还是准备先表扬一下这个小伙子，好给他鼓鼓劲儿。当他走进阿尔曼的那间屋子，刚刚坐稳，目光便落在了阿尔曼床头的那幅彩色封底上了（瞧他选贴的角度多好——秘书不免暗自寻思）。

“那是谁呢？”秘书觉得画像上的人好面熟，但又一时记不起究竟在哪儿见过，终于禁不住向阿尔曼问道。

“是我姐姐。”阿尔曼不无骄傲地说。

“姐姐？”秘书瞪大了眼睛，用询问的目光望着阿尔曼，“我怎么不知道你家还有这么一个姐姐？”

“怎么，您不认识我姐姐了？”

“你姐姐……”

“告诉您吧，我姐姐是个画家！”

阿尔曼说罢，把脸转向窗外去。

“噢……”

秘书似乎忽然领悟了什么，重新打量起那幅画像来。他发现，从阿尔曼那双凝视着窗外雪景的眸子里，流露着一丝隐隐的愁绪……

车　祸

他刚刚灌上柴油。他很庆幸，总算没有为排队等油耗费更多时间。这会儿还不到九点钟呢（他习惯于用新疆时间），看来早上三点半就从精河出来，舍了那几个小时的瞌睡还值。今儿个车开顺当了，完全可以赶回伊宁市去。明天一早就把轻车摆在停车场上，队长见了，准会拍拍他的肩头，赞许地说："你赶得真快呀，小伙子，你不是前天早上才离队的么？好好干，这个月你又要超额完成任务了！不过，要注意安全呐……"噢，对了，明天星期天，队长在家休息，那咱正好可以和朋友们到绿洲饭店痛饮一次啤酒……

他从登记台那边不慌不忙地走来。他的感官明确无误地在提醒他：周围有无数双眼睛正一起朝你投来！他理解这些火辣辣的目光所包含的全部涵义——是自己那条牛仔裤和大红格子衫在招惹它们。当然，还有长发，短须，太阳镜。不过，他的自我感觉十分良好。他摸了摸短刺刺的黑须，一丝笑意固执地盘在嘴角。他在那些复杂的目光紧逼下走到了自己的车旁。这才傲慢地望了一眼在他车后摆起的长长的车龙阵，轻捷地跃上驾驶室。转眼，"日野"油罐车便轻快地驶出了独山子。那高高的炼油塔，光秃秃的孤山包，和炼油厂散发出的刺鼻的气息，统统落在了后边。他立即熄火挂上了空挡——重车从这里下去，无须加油，十分钟左右就可以放到下面那个依稀可辨的交通监理站。汽车开始滑行了，速度越来越快，宛如一匹脱缰的野马。公路两侧被烈日烤炙得焦黄的干旱草原，疯狂地竖立起来，迎面向他奔来，又急骤地向车后闪去。可他并不心虚。那野马的缰绳——方向盘，分明紧攥在他手心里，他只觉得自己就像一位骁勇的骑士，正在纵马驰骋。

迎面开过来一辆“解放”。他稍稍踩了踩刹车，轻轻往右一打方向盘，便飞车会了过去。旋即他又向左打了打方向盘，汽车继续顺着黑色飘带般公路中心奔驰起来。在冲过一个“凹”形地段时，蓦地，倒车镜上映现出方才还被独山子的秃山包遮掩着的天山雪峰的轮廓。渐渐地，洁白的雪峰从褐色的独山子背后越升越高，最后终于刺进了湛蓝湛蓝的天穹，巍然屹立在那里。然而，耶冷喀布尔噶的平缓坦荡的大慢坡，却在他和他的骏马面前开始施展起无穷的诡计来了——随着车速加快，慢坡的极点晃晃悠悠地向后退去，一直退向莽莽苍苍的准噶尔原野深处，裸露出它那无边的胸膛。他的心儿被这种神奇的原野撩拨得生痒，他恨不得一口气就驾车冲到原野的尽头。然而，原野的尽头又在哪里？一定是在阿勒泰山。可他是开油罐车的，还不曾去过那里呢。往后一定得寻个机会放一趟阿勒泰山才好。

天气格外晴朗。透过阳光洒下的紫雾，他甚至依稀瞧见了那杳渺的丘陵似的嘉依尔山的轮廓。而那近在眼前的奎屯市，却被浓荫覆盖着，宛如一渠满盈的绿水，在原野的边缘潺湲流动着。一股莫名的愁绪从他心底升起，他感到心里怪酸楚的。他忽然想唱一首歌子了。

这山望着那山高呀，
那山长满红樱桃，
这山望着那山高呀，
那山长满红樱桃，
樱桃好吃树难栽呀，
姑娘好看口难开……

汽车载着他的歌声驰上了乌伊公路。他这才开始减速。当他终于把刹车一踩到底的时候，“日野”车喘息着停在了监理站门前。

“喂，巴郎子，驾驶室有空位没？”

那个坐在签证台后面的老王（他是有回在这里签证时，偶然听到旁人称他老王，从此便记住了），一边给他联运单上签证盖章，一边头也不抬地问道。

他乘老王还没抬起头来，朝身后匆匆瞥了一眼。妙极！已经有三四个司机正等候着验证签字呢。你老王恐怕还来不及跟着我出去看个究竟吧？我呢，完全可以在你得空以前把车开走。好了，我亲爱的老王，咱又不是从来没给你捎带过人，可你甭说记住咱的好了，连咱的名字你也不曾记住。好像咱这开车的总欠着你们监理站的人二两半似的。咱不出事儿，好端端地开车，你又能把我怎么着？今儿个车上就是有空位我也不带你的人了，老王！咱不向你献殷勤还不好？……

老王抬起头来了。那目光审视着他。他太懂了，“到底有没有空位？”他从无言的目光中听出了响亮的声音。

“对不起，没有。”他一边伸过手去接那签了字的联运单，一边仓皇地说，“没有空位了，老王。”

一丝狡猾的笑纹爬上了老王的眼角。这人真怪，眼睛会笑！莫非他已看透了我的心思？瞧他，为什么这样点头！糟了，他要起身了，他一定要出去证实自己的推断了。完了，算我倒霉。嗨，瞧你吓成什么模样儿了，带不带一个人有什么了不起的，又不是犯法！不过，老兄你甭自在——有时候虽不犯法，惹下的祸比真犯了法还难办呐！这你懂么……

“我的驾驶室空着，老王。”

谢天谢地——他回过头去，正是身后那个驾驶员在挤过来。真够意思的，老兄！要不是你这句话，今儿个我就没法交代了。让我怎么感谢你才好呢？不过，老兄，你这又是为的哪般子哟！我是说，何苦来着。噢，对了，莫非是想借机献个殷勤？真有你的。祝你走运，老兄！

他趁着老王接过那个驾驶员的联运单的当儿，悄无声息地溜出了监理站的门坎。

他匆匆穿过公路来到车旁，一位姑娘正斜倚着他的叶子板，一双乌黑的眼睛，在动人地忽闪着，像一汪清泉溢流着清澈迷人的波光。他不由自主地瞧了瞧那双乌黑的眸子。这小妞儿长得不坏，看上去顶多十八九岁呢，他想。霎时，一股特殊的芬芳迎面扑来，显然，这是有别于他嗅惯的汽油的气味。他真想问：姑娘，愿搭我的车么？但他并不开口，十分傲慢地登上踏板，打开车门准备开车了。那个姑娘终于矜持地走近了车门：

"师傅。"

"嗯！……"

他透过太阳镜的茶色镜片，从驾驶座上居高临下望着她。那神情在告诉她，有话快说，我可没闲工夫跟你磨牙！

"您去哪儿？"

"怎么，要盘查吗？我去伊宁！"

唉唉，真怪。要在往常，我才不给这些搭便车的说实话呢。这小妞儿也说不上十分漂亮，可她究竟哪一点迷住了你？是她的神态？还是那双眼睛？当然，不管怎么说，要是她坐在你身旁，这一路可就不寂寞喽——总算身边有个女人吧。不不，是一个妙龄女郎呢！唉唉，小宝贝，但愿今天你我同路！

“不，师傅，我是想……能不能搭您的车？”

“嗯？你要去哪儿？”

“我也去伊宁。”

噢，感谢真主。这可真真有点鬼使神差。不过……

“有通行证吗？没有通行证趁早甭搭我的车，省得到了边境检查站给我惹麻烦。”

“有的，师傅，我有通行证，还有学生证呢。您瞧……”

“唔，独山子石油学校。”他说。他匆匆瞥了一眼姑娘手中学生证的红塑料封皮，接也没接——他已经不想翻阅细查了。

“好吧，好吧，上车吧。”他说，“算你走运，我这驾驶室怎么偏偏今天就空着呢！”

他俯过身去，为那姑娘打开了侧门。姑娘没有什么行李，一只时髦的棕色羊皮挎包，加一只过了时的灰色人造革旅行包。他从姑娘手中接过旅行包安置在靠背后面。姑娘上了车，用感激的目光看了他一眼。这一眼，登时在他心头激起了一股甜蜜的涟漪。

不一会儿，驾驶室里便充溢着从她身上散发出的特殊芬芳。他悄悄地，然而却是贪婪地吸吮着这只有女人才有的气息。他陶醉了，终于迫不及待地掏出莫合烟来，双手微微颤抖着卷好点燃，狠狠地吸了一口，这才缓缓地把车开出了监理站。

浓烈的莫合烟刺激着他的神经，使他稍稍平静下来。我这是怎么啦？他想。怎么就为这么一个平平常常的小妞儿坐在身旁激动得六神无主了？你他妈的也真熊，好像在这个世界上从未见过一个女人似的。他开始连续换挡。汽车恼怒地吼叫着疾驰起来。一辆辆的卡车转瞬被抛在后边。就连从干涸的奎屯河大桥上开过，他也没有丝毫减速。当汽车从那飞流直泻的引灌渠上一闪而过时，他把那支已经燃到唇边的烟蒂狠狠吐出了车窗。他一直没有和姑娘说话。心里总琢磨着方才那颗烟蒂到底是否掉进了水流里……

不知不觉，汽车驶进了县城……

“你吃饭吗？”他冷冷地问。

“我不想吃。”姑娘匆忙摇了摇头。

“可我还没吃早饭，明白吗？我要去吃！”

他莫名地光火了，没好气地说着，把车停在了一家夫妻店前，“砰”的一声关上车门，把姑娘一个人留在了车上。

他是这一家小饭馆的常客，一进门，就看到了主人朝他露出的满嘴金牙：“啊，这位小师傅，您来啦！上座，上座。”那位过早发胖的年轻主妇，也立时从内屋拖着臃肿的身躯迎了出来（我的天，她的这件花裙完全可以给旁的女人裁两件裙子了——他想）。她那原本就剩一道细缝儿的眼睛，此刻朝他眯眼一笑，连缝儿也没了："您来点什么，还是爆炒面？我就记着您的口味儿呐！"他很怀疑这位主妇到底是否睁眼瞧着自己说话，其实这会儿主人早已把炒锅坐在火上了。也许对于前来进餐的司机，他都要亲自掌勺，反正每次他来，主人总要从小堂倌的手里接过炒勺的。他摘下太阳镜，将一条镜腿插进衬衣兜里，挂在胸前，便坐在那张靠近小窗摆着的双人床沿上。直到这时，这才意识到录音机的响声——一个苍老嘎哑的男中音，正在弹拨尔[1]伴奏下唱着一支古老悲凉的木卡姆[2]。一位看上去像个屠夫模样的人，坐在屋里的暗角，一只手遮在耳轮上，随着歌声在不住地晃动着脑袋。他似乎猛然记起了什么，起身朝外走去。

"您，小师傅，不用饭啦？"主人有点黯然地望着他。

"我这就来。"

当他打开车门时，姑娘着实吓了一跳。看样子，刚才她一定想着什么心事儿。

---

① 维吾尔民族乐器。
② 十二木卡姆，系维吾尔民间传统音乐。

“怎么着，你当真不吃饭啦？”他问。

“我不饿……”

“甭怕，咱不会让你破费的。”他诡谲地挤了挤眼。

“我真不饿……”

姑娘的脸上顿时浮现出一层淡淡的红晕来。

“好吧，咱们今天得赶回伊宁，路上再喊饿我可不停车了。”

他说着，从手提包里翻出一盒磁带，跳下车去了。

主人正在把切好的肉丝放进炒锅，炒锅里腾地蹿起一簇簇的火苗来。屋内洋溢着一股新鲜辣椒被油煎后的特殊香味。

他径直走过去，“吧嗒”一声把立体声“三洋”机给停了。

“喂，怎么回事儿？”

屋角里的那个“屠夫”睁开了眼睛，那只手却仍停留在耳轮上，正困惑地望着他。他没有理睬，只顾把自己的磁带换了上去。顿时，迪斯科的旋律在屋内升腾开来。那急促的切分音，宛如一场骤然袭来的冰雹，朝那满是油垢的饭桌，灰白的墙壁，被烟火熏得暗黄的苇席棚顶上击去，旋即又弹射回来。就连从小窗口上射进的几缕阳光，也在为之轻轻颤动……

“这个哈萨克搞什么名堂，放着好端端的木卡姆不听！”

“屠夫”似乎受不了迪斯科旋律的刺激，从屋角冲了过来。他却一手叉腰，傲然迎视着“屠夫”。要不是主人及时夹进他俩中间，露出满嘴的金牙来，很难料想将会发生什么。

“好了，卡斯姆阿洪，木卡姆有咱俩听够的时候，眼下听听这位小师傅的磁带也不赖嘛，啊？过一阵，你想听怕也找不来呢。”

主人拍了拍“屠夫”的肩膀，朝他送来一个殷勤的笑。他却顾不得了——他的双肩，他的臀部，已经伴随着音乐的旋律，扭动起来。

火车就要开，
一去不再来，
……
我的爱人……

一个女里女气的男高音在如怨如诉地歌唱。胖主妇从内屋赶了出来，她的双肩也在不由自主地颤动，可惜总合不上拍子。“屠夫”傻痴痴地望着他，也许他今天第一次目睹迪斯科呢。其他几个客人，也一个个被他吸引过来了。他却全然不顾，沉浸在自身的欢乐中。

“来啦，爆炒面！”

主人唱了一声，露着满嘴的金牙，把一盘喷香的爆炒面端了过来。小堂倌乘机送过一双筷子，顺手摸了摸他裤兜上的铜牌。

“呦，你这是什么裤子，瞧这么紧绷绷的，屁股都要开绽了！”

“牛仔裤，真正的牛头牌！懂吗？”他这才停下来。

“从哪儿倒腾来的？”

“是你的一个同胞——我的朋友——从香港搞来的。”

“万岁！我们维吾尔人居然也去了香港？你说说他是怎么过去的。”

“鬼知道他是怎么过去的，大概是靠了这个呗。”他打了一个响亮的榧子。

“哼，我听说美国都有我们维吾尔人呢，而且是我们真正的阿图什人！”

那个“屠夫”这会儿也打一旁插了进来。他没有理会，心里却想：难道这姑娘真不吃饭？待会儿再喊肚子饿，那咱可没闲工夫专为你这里停停那里歇歇的了。对了，干脆给她买两个馕吧，也别真把她饿着了。嘿嘿，瞧你，倒替别人家的姑娘分心担忧了呢。他三口两口吃罢饭，取下磁带，不知怎的，到底还是买了两个热馕，这才赶回车里来……

“真可惜，刚才你没听上音乐。”

他一边启动汽车，一边说。他明显地有点兴奋——不知是因为吃了顿可口的爆炒面，把肚中催命的饿鬼驱走了，还是方才的迪斯科的余兴，反正神态比那会儿和蔼多了。

“是吗？您带着好磁带？那现在放放也好呀。”姑娘的眼神里流露出一丝掩饰不住的喜悦。

“我没带录音机。”他呐呐地说。

“不是说日本车带录音机么？”

“嗨，这车接回来就没了那玩意儿，听车队去接车的人说，还在海关就被别人偷拆了呢！”他怏怏地说。

“是吗？”

姑娘陡然瞪大了眼睛，吃惊地注视着他。唉，瞧你有多天真，不，你真纯洁。也许你第一次听到这样的怪事？可这又算得了什么。咱已经是见怪不怪啰！得，小宝贝，你别这样盯着我呀，把我瞧得都心慌意乱了。他赶紧把太阳镜戴上了，透过茶色镜片注视着姑娘清澈的双眸。喂，看前面！还是把好你的方向盘吧！一辆汽车擦身而过，一股气浪卷进了车窗……

现在，汽车沿着古老苍劲的天山朝正西开去。逶迤无尽的天山雪峰，肩挨着肩，一直站到了目不所及的远方。汽车飞快地奔驰着，当一个雪峰缓慢地向后移去时，又一个雪峰以新的奇姿从天边出现。他目不斜视，一直注视着永无休止的公路尽头。唯有疏疏落落的村庄连接着这条漫长的道路。姑娘愔愔地坐着，不知她在想些什么。

“我说，唱一首歌吧。”他并不转脸，说。

“我不会唱歌……”听口气，姑娘似乎挺抱愧。

“那我们就对歌唱。”这回他向姑娘投去一瞥，那眼神是十分狡黠的。

“瞧您，我更不会了……”姑娘嗫嚅着，有点不知所措。

“好吧，那我就自己唱了。不然这路怎么走到尽头。”

他望着姑娘那副惶然的神态很有几分得意。然而，说罢又有点后悔。其实他也不会唱歌，只有那一首歌子，还是他在一次婚礼上听来的，那就是他的《红樱桃》。他走一路总要唱一路，每一次他都能品出一番新的滋味儿来。不过，他还是清了清嗓子，开始吟唱起来：

这山望着那山高呀，

那山长满红樱桃，

（他顺便看了一眼，姑娘正在听他的歌声。他有点陶醉了，好我的小宝贝，你细细听，我会给你好好唱的，看你听出什么滋味儿——他想。然而他的歌声并没有停。）

这山望着那山高呀，
那山长满红樱桃，

（看来你的确没有听过这首歌儿，我的小宝贝，你只管尽情地听着好啦！他乐了，嗓音突然提高了八度。）

樱桃好吃树难栽呀，
姑娘好看口难开……

姑娘突然捂住了双颊，朝车窗外扭过头去。他的心头不由得泛起了一股从未体验过的快意。他长长地吐了口气，然而吐得很轻很轻。他还想再唱一遍。可是从车后传来了催促让道的喇叭声。他朝倒车镜上一看，是一辆北京越野吉普——正试图超车。他并没有让道，只是加大了油门，把车蛮横地开到了道中。他快活极了，不一会儿，他从倒车镜上发现，那辆越野车已经被远远抛在了后面。

见鬼，前面正在修补路面，又得减速行驶了。瞧，那个道班的老头儿，远远站在路中央，正在挥手示意停车。大概老头儿已经认出了是我的车。唉，你呀你，老头儿，什么时候都喝得醉醺醺的，可见了人还总爱倚老卖老教训几句。也不知那些话都和你自己一样——老啰！这车一停，你今天要说些什么，咱全知道——“我说，小伙子，少带些女人，你小子是不是心术不正，咹？”得，咱今天就不下车了，看你老头儿有没有能耐当着这位陌生姑娘的面教训。

他越过老头儿，把车靠右停在了道旁。一股烧化了的沥青味儿顿时袭入了驾驶室。

“怎么样，小伙子，怎么没见你过去就见你回来了？”

老头儿已经爬上踏板把头探进驾驶室来，幸好身上不带酒气，也许是天还尚早的缘故？反正他是第一次没有从老头儿嘴里闻到酒味儿。

“我过去的时候，怕是您还在梦乡里神游哩！”他说。

“好样儿的。今晚打算到哪儿过宿，赶回伊宁？真有你的，小伙子。给我来一卷烟吧，纸也要的。”老头儿焦急地搓动着拇指和食指，示意道：“早上出来连卷烟纸也没带在身上，瞧这些干活儿的，都是些穿裙子的。那些个好汉们一个个进城的进城，上夏牧场的上夏牧场去了。这里就留下我这孤老头儿和一帮妇女，就算有了烟都不知该找谁去对个火儿。”老头儿十分笨拙地，然而是熟练地卷好烟，迅速点燃，贪婪地吸了两口。“怎么样，说说你一路上的所见所闻吧，我都快两天了，还没和一个打这里经过的司机聊聊，简直要与世隔绝了！”

“我说大爷，这世界和你两天前所知道的没什么两样，正像俗话所说的——一切照常。”

“小伙子，我看你是在耍滑头呢。”

“您也真是，没听我刚才告诉您今晚要赶回伊宁——我还得要赶路，哪有工夫给您叙说天下大事呀。”

“得得，咱不耽误你赶路了。给我再留一卷烟吧，我都快断烟了。实话告诉你，这些天我一步也离不开道班，没法进城买烟了。对了，下次回来给我带一公斤清水河的莫合烟吧，钱我到时候会给你的。”

“好好，我还带一瓶伊犁大曲来，看不把你老头儿灌上一通！”

老头儿乐了。心满意足地走回沥青车去。他正要启动，忽然又窜上来一位笑吟吟的女人。本来已经打着的马达又熄灭了。他觉得自己的双膝都有点发软，心里不由得一阵阵隐隐作呕。他本能地朝后缩了缩身子。

“嘻嘻，瞧你躲什么劲呀。”

女人在他腮上捏了一把，毫不客气地摘过他的太阳镜给自己戴上。她似乎这才发现了驾驶室里还有一位姑娘。“哟，你还带着一位乘客呢（他从她隐匿在茶色镜片后面的眼睛里，看到了一种异样的眼神。不，那分明是两簇幽蓝的火苗！也许这就是所谓人们常说的女人的“妒火”？滚她娘的吧，她有什么权力为我妒忌！），我说你怎么近来忽然来去无踪，总也不见在我们这里歇脚了，原来正忙着拉客呀！”说着，便吃吃笑了起来。

“有什么正经事儿快点说吧，我还要赶路！”他浑身居然起了鸡皮疙瘩，毛发都要倒竖起来了。

“瞧，戈壁滩上没有鲜花，送你一串红玛瑙！”女人说着，从藏在背后的那只手上亮出一束红艳艳的白刺果，插在了倒车镜上。又把太阳镜亲手给他戴戴正，便掷下一句话，咯咯笑着离去：“你，小鬼头，下次打这里经过，要敢不去道班上见我，可要当心点！”

他终于松了口气，一踩油门，在三挡上就起了步。“日野”车像一匹受惊的野兽，骤然窜了出去。然而刚刚开出道班不远，他便来了个急刹车，汽车发出一阵尖啸戛然停住了。他疯狂地跳下车去，将那一束白刺果甩在了马路中央，旋即被一辆呼啸而过的“东风”轧成了一摊烂枝。他这才轻松地嘘了口气，靠在叶子板上卷起了一支烟。又有几辆汽车从那摊吱吱呻吟的白刺果残枝上碾过。白刺果汁溅满了路心。那果汁居然和血一样殷红，抑或本来就是人体的鲜血不成？他深深地吸了口烟，朝着那摊污血似的白刺果啐了一口，这才坐进驾驶室。

“那么漂亮的小红果，您为什么就把它抛弃了呢？”

他还没有来得及发动汽车，姑娘已经发话了。显然，她是叫不出那小红果白刺果的。

“怎么，难道你喜欢！”他有点惊奇地打量了一下她。他看到姑娘在肯定地颔首。“可是你喜欢也不能要那束，让它见鬼去吧，我给你重摘一束新的去好了！”

转眼，他果然从路旁的戈壁滩上采来了一大捧白刺果，插在了倒车镜把上，给姑娘手里还送了一枝。他终于看到了姑娘赞许的目光，他感到惬意极了。

“你肚子饿不？”他说。

“不饿。”姑娘慌忙说。

“饿了说一声，我这里有刚买的新馕。”

“好的。”姑娘点点头。

“日野”车重新轻快地奔驰起来。

大概是十天前，不，也许是二十天前，他曾带刚才那个女人去过伊宁。这会儿他想起来都有点恶心，天底下居然还有这样的女人，他现在都能唤起那两片肥腻腻的厚嘴唇，按在自己刺蓬蓬的双颊上的记忆来。好在这位姑娘没有多问什么，倘使她要问上一句：“那个女人是你的什么？”又该作何回答？他甚至感到自己的双颊都在隐隐发烧，但愿不要发红，要不这位姑娘会猜出自己的心思来的。不过，她为什么不问呢？看来她是一个正经的小妞。

也许她不好意思？唉，要是能把这个姑娘搂在怀里……

他一路上胡思乱想着，再没有和那位姑娘搭括，不知不觉已经开过了精河。夏日的毒烈太阳，从天空正顶直瞪着蒸腾的大地。从车窗吹进的风都是热乎乎的，尽管他打开了降温器，可是驾驶室里依然热得令人难熬。那姑娘已经昏昏沉沉地打起盹来了。她的身子随着车身的颠簸在轻轻摇晃。许是受到了姑娘的感染，汽车开出沙山子后，他的眼皮也好像被注上了铅，越发地往下沉去。尽管他连连抽烟，仍旧无法驱走阵阵袭来的困意。终于，汽车开过大河沿，在一片光秃秃的戈壁滩上缓缓停住了。他似乎使尽了最后一点气力，将手刹拉上，便伏在方向盘上睡了过去……

确切地说，他是饿醒的。

当他睁开睡意惺忪的双眼，竟有那么一小会儿搞不清自己究竟躺在哪里。他懵懵懂懂地记得自己似乎做了一个梦，梦见自己头枕柔软的鸭绒枕睡着的。那枕套上的绣花，还散发着一股淡淡的幽香。抑或这压根就不是梦，自己原本就高枕着鸭绒枕入眠的？他禁不住伸手摸了摸枕在头底的什物——他的手首先触在了软款款的尼龙布上，接着又感觉到了尼龙布下的体温。随即传来的一声怯生生的哎哟声，使他着实吓了一跳——那声音居然是从他头顶方向传来的。他像触了电似的倏忽坐立起来，这才发现自己原来竟是头枕在姑娘的怀里，横躺在坐包上了。他彻底糊涂了，搞不清这一切究竟是怎么回事儿。他紧张地搜寻着自己的记忆，终于想起了自己在拉上手刹以后，便顺势伏在方向盘上的，鬼知道后来怎么会这样横躺过来，而且竟然头枕在姑娘的怀里！

“我醒来的时候，您已经这样横躺着了……”

姑娘竭力解释着什么，连耳根都憋得通红。望着她那副拘谨的样子，他甚至有点后悔了——刚才自己怎么就吓破了胆似的蹦了起来，躺在这样一个妙龄女郎的怀里是一件多么惬意的事儿呀！她原来长得并不坏呢，你瞧，那脸盘还经得住细心琢磨，那双线条十分漂亮的小嘴唇留下的吻印，一定会使人终生难忘（那个女人肥腻腻的厚嘴唇，立刻在他脑海中一闪而过，他不由得皱了皱眉头）。再看她那披肩的长发，竟是那么浓密，乌亮，摸起来一定是非常柔软的……。扑过去吧，你……把她搂进怀里……

“我怕把您弄醒，才没敢叫您……”

姑娘依然满脸通红，怯怯地说着，本能地缩了缩身子，双眼闪着飘忽不定的狐疑的目光。他觉得姑娘此时的神韵更加楚楚动人了。一股强大的热流，从他那颗分明已经激动得有点忐忑不安的心头涌流出来，在他周身上下奔突，似乎就要冲破某一道隐蔽的闸门，飞流直泻。他已经感觉到自己的心跳，浑身滚过一阵阵轻微的颤栗，可是这他妈的手脚怎么好像压上了磨盘，一丝一毫也挪不开？他觉得自己的喉咙在燃烧，自己的目光也一定火辣辣的灼人……。一阵刺耳的喇叭长鸣，两辆卡车从他车旁吼叫着一闪而过。在烈日下晒得冒油的路面，被飞旋的车轮辗得痛苦地呻吟。望着那辆渐渐远去的车尾，他稍稍平静下来了。他感到干渴难尽，从脚边抄起那只盛水的白塑料桶，咕咚咕咚喝了一气。水已经温了，还带点塑料气味儿，但在戈壁滩上喝起来，还是那样的甘甜解渴。“你喝么？”他抹了抹嘴，问。姑娘摇了摇头。于是，他从提包里翻出早上的馕，不由分说地把一个馕塞进了姑娘手里：“拿着，你饿坏了。先吃点，等会儿到了五台我们再好好吃一顿。”

汽车终于驶出萨尔凯赞沟口，视野顿时变得豁然开朗——坦坦荡荡的草原张开它那辽阔的怀抱迎面扑来。夕阳宛如一匹昏聩的老马，正在向它一天的最后一段旅程懒懒地挪动着疲惫的步子，看看就要在坠入地平线前被汽车撵上似的。然而，转眼在极目所及的地平线尽头，出现了一道长长的锯齿形白线，不一会儿，那平坦的地平线消失了，白色的锯齿一个个凸现出来，变成了一座座清晰的雪峰——那雄伟的阿赫拜塔勒山的庞大胴体，已经巍然屹立在眼前。可是，当蔚蓝色的赛里木湖突然闪现的时候，阿赫拜塔勒山的雪峰又一下退居到遥远的湖的那一边去了。大自然就是这样，在静止中永远显示着它那博大无边的勃勃生机。他情不自禁地加大了油门，从小小的三台镇里开过的时候，尽管有两头牛犊漫不经心地横过马路，他也丝毫没有减速。直到拐过了险峻的弯道，在一处离湖岸最近的路弯上停了下来。

姑娘被迷人的湖光水色吸引着，一直凝视着窗外。她这才收回了视线，朝他报以浅浅的一笑。

“怎么样，你不去湖边走走？瞧，多美的湖。”

他说着，跳下车去。当他绕过车头的时候，姑娘也已经下了车。于是，他和姑娘并肩走下路基，向湖边走去。

湖畔的草坪宛如一块硕大无朋的海绵，踩在上面那般的舒惬、柔软。他不想朝前走了，富有弹性的草坪在诱惑着他。他渐渐放慢了脚步，不一会儿，索性躺在了酥软的草坪上。姑娘并没有注意他，径直向湖边走去。三叶草的素淡的小花，和那密密丛丛的铺地肤，一片片地倒伏在她脚下，立时又神气活现地挺起身来。他默默目送着姑娘的背影，心头重又升起了一股莫名的愁绪……

姑娘终于走到了湖边。一道道白色波浪从湖心深处涌起，相互追逐着朝岸边奔来，似乎要向这位突然光临的姑娘致意。于是，一排排浪峰挤上沙滩，热烈地喧哗着，纷纷扑倒在她的脚下，向她诉说着什么。姑娘娴静地伫立在沙滩上，仿佛悉心谛听湖水的倾诉……许久，她才俯下身去，在沙滩上拾起了一枚石子（那一定是一颗无瑕的玉石，他想），又是一枚，又是一枚……他躺在草滩上，静静地数着姑娘拾起的石子。然而，汹涌的波涛也袭上了他的心头……啊啊，她真像一只徜徉在湖畔的天鹅。唉，你呀你，我洁白的小天鹅，能不能在这美丽的湖畔，让我把你柔软的羽毛轻轻地抚摸……

不知什么时候，夕阳已经融进了阿赫拜塔勒山圣洁的雪峰背后，暮霭正在悄然无声地从湖心深处向四周弥漫着。习习的晚风，在草尖上簌簌地滚动。他禁不住打了个寒战。姑娘依旧恋在湖边没有回来。四周静悄悄的，就连公路上的车也稀疏了。他下定决心，要把姑娘唤到身边……

忽然，一辆老式吉尔半拖挂缓缓开来。停在了他的车旁。“宁停三分，不抡（抢）一秒”，车厢上赫然印着白色的大字。他一眼就认了出来，这是车队里那个四川老李师傅的车。他匆忙起身赶回了自己车旁。

“怎么，小伙子，车出毛病啦？”

“不，没有。在湖边玩玩。”

他竭力装出一副镇静自若的样子，注视着眼前这位矮小干瘪的老头儿。

“唔。好吧，那我走了，还得要赶到五台去住呢。”

老头儿并不朝湖边张望，只是淡淡地一笑。

“李师傅早上是从哪儿出来的？”

“从家呗。你说还能从哪儿出来。”

唉唉，你真混，小子！自讨没趣。怎么着，你慌啦？怯场啦？心跳什么？怕是你的脸也红了呢——好在这会儿天色暗下来了，老头儿看不清楚。不过，可也是，你老头儿哪怕朝湖边望上一眼也好哇，那么大的个活人在湖边走动，你就当真没有看见？哪怕你也教训我两句“小伙子，这么晚了，带着姑娘在湖边蹓跶可不是好事儿！”我也能轻松点呀。可是你，老头儿，别看平日里不吭不哈，跑一趟乌鲁木齐要个十天八天，没想到你这一招真够厉害！

老李师傅依旧目不旁视，径自上了驾驶室。转眼，老式吉尔引擎沉重地哼哼着，缓缓起步，拖着长长的半拖挂爬上了弯道。

他总算松了口气，一边摇着头，一边爬上了驾驶室，疯狂地按起喇叭来了。

姑娘像一只受惊的小鹿，一蹦一跃地朝公路奔来。那从湖心涌起的层层波浪，呼唤着她，拼命逐上沙滩，又绝望地退了回去。当她跑过草坪的时候，头巾被晚风拂落了。她不得不回过身去拾起头巾。就在这个当儿，他看得清清楚楚，她朝湖水稍稍驻足，深情地投去最后一瞥，似乎在与湖水依依惜别……

天色完全黑了下来。四周静悄悄的，草原开始沉沉入睡。唯有湖水在深沉地呼吸。

姑娘坐在驾驶室里，仍旧迷恋着夜色下的湖水，默默注视着在夜幕下舒展的黑沉沉的湖面。汽车时而被公路引近湖边，时而又远远地踅向草原深处。他也默默地把着方向盘，专注地望着前方。忽然，一星灯火在路旁闪现——那是牧人的灯火。他这才打亮了车灯。

姑娘从窗外收回了视线，其实眼下什么也看不清了。“师傅……”她似乎想起了什么。

“嗯？”他并不看她。

“今天还能赶回伊宁市么？”姑娘小心翼翼地问。

“赶到哪儿算到哪儿呗。”他冷冷地说。

“要是能赶回家多好……”姑娘怯怯地喃喃着。

他没有作声，从衣兜里掏出一支卷烟，双手放开方向盘，迅速将火柴擦燃……

时针正指着零点。

万籁俱静。路灯呆呆地伫立在空寂无人的街旁，眨巴着困倦的眼睛。他并没有减速，腾出右手推了推在身旁熟睡的姑娘，里程表上的指针纹丝不动地指着八十迈。姑娘惊醒过来，本能地瑟缩着身子，用睡意惺忪的双眼恐惧地打量着他。

“到伊宁市了，你家在哪儿？”他问。

“怎么了？”她困惑地问。

“怎么了？我问你家在哪儿！”

“怎么了……”姑娘仍旧懵懵懂懂，好像还没睡醒。

“送你回家——你到底想不想回！”他光火了。

“谢谢……，谢谢您了……，我家在江阿亚提街。”

十字路口的交通岗楼孤零零地耸立着，没有警察，也没有红绿灯。又一个十字路口……

汽车风驰电掣般地驶过。

然而，在一个拐弯处，汽车忽然像一匹脱缰的野马，任他怎么摆布也不肯听从驾驭，疯狂地越过街心花园，向对面的建筑物冲去。操纵杆失灵了——惊恐万状中，在他心头闪过一个清晰的念头，脚下急忙踩向刹车踏板。可是，强大的惯性使汽车不肯就范，径直冲向建筑物前的一块计划生育宣传栏。

姑娘尖叫了一声。旋即汽车猛烈地震颤了一下。他感到自己的左手被一种剧烈的力量狠狠地一击，便麻木了。耳边传来一片坍塌声，和玻璃的破碎声。方向盘，不能让方向盘顶住胸口！他只知道自己扑倒在姑娘身上了，往后的事便全然不知……

冰冷的太阳看看快要接近那座低矮的独山子。世界被封在一片厚厚的冰雪之下。行人一个个穿戴臃肿，缩手缩脚地走在溜光的路旁，那嘴里喷吐着一股股白色的哈气。

他低速驾车驶去。全然不是出于谨慎，倒是不知道自己究竟要上哪里。也许是去石油学校？可是你去寻谁？那位暑假里仅仅搭过你一次便车的姑娘？见你的鬼，你连她名字都不知道，向谁去问？还是回去吧！瞧，前边小街口上车疏人稀，也没有警察，完全可以来得及掉转车头。

车到了小街口上。然而他并没掉车头——他屈从了内心深处一个固执的声音——开过去！继续朝前开！

嗬！你呀你，这下到了石油学校，看你怎么找到那位姑娘。把女生宿舍挨门寻遍，还是守在食堂门口？或者……且慢！请问，你找人家有何贵干！仅仅问一问她的芳名？见鬼，你可真傻……

刹车片发出一阵刺耳的尖啸，汽车在光滑的路面稍稍滑动了一点，便停住了。他不知道自己是怎么认出那个背影的，车门开处，他已经跳到了路上，一个趔趄险些摔倒。然而他顾不得那许多了，转过车头立在了一位姑娘面前。

"您好。"他说。

"怎么，不认识我啦？"他说。

"我正准备找你去。"他说。

“是您？”姑娘似乎这才认出了他。

“是我！”他竭力点了点头。

“您好。您完全康复了？”她问。

“嗯。”他又点点头。

“那天早晨我去医院看望过您，您满手满头都缠着绷带正在睡觉，我没敢打搅您就走了。后来再去时您已经出院。”她说。

“瞧，这不，全好了。我的油罐车也康复了。”

他用下巴努了努身后那辆一层新漆遮掩着累累伤痕的油罐车，从手套里抽出一只手来给她看。他的手背上明显地留着一个鼓鼓囊囊的大包。姑娘禁不住双手托住他的残手，轻轻地抚摸着。她的手竟是那样的纤巧，柔嫩，温暖，他霎时感到一股暖流由那里朝心头汩汩流来。他还是克制住自己，谨慎地抽回了手。

“你这是回学校去吧？”他问。

“是的。刚下课我便去邮局发了封信。”

“走吧，我开车送你回校。”

姑娘又一次坐进了他的驾驶室。在他身旁又一次洋溢起女人特有的淡淡的芬芳来了。他禁不住看了她一眼。

“对了，你叫什么名字来着？”

“娜迪娅。”姑娘莞尔一笑。

“我叫耶鲁拜。”

“公安局和单位都没找过您什么麻烦么？”姑娘似乎突然想起了什么，问道。

“找过。操纵杆失灵，机械事故。再说我平时总超额完成任务——他们原谅了我。”

“可他们也找过我，打听的完全不是一回事儿了。”姑娘有点莫名地愠怒——他禁不住有些惊讶。

“他们问些什么？”

“没什么。”姑娘赧颜低下头去，可忍不住还是说了出来，“那些人一个个和我父亲年龄相仿，真没想到他们还能问出那样的话来……”

他明白了——自己也曾被问过的。他感到很不自在。

“你说了些什么？”

姑娘摇了摇头。忽然又说：“我只告诉他们，您不是那样的人……”

“不是那样的人……？”他喃喃地重复着。

“嗯。”

石油学校到了。他在校门口掉了个车头。

“请到我的宿舍坐坐。”姑娘说着下了车，在车门口期待地望着他。

“不，谢谢你。再见了，娜迪娅！”

他顺手关上车门，扬起一路雪尘开走了。

冬日的太阳已经匆匆躲进了窝。四周一片暮霭苍茫。

许是他忘了，车开出独山子并没挂空挡熄火，反倒油门越加越大。然而，他反复念叨着姑娘的那一句话：“您不是那样的人……，您不是那样的人……”

瘸腿野马

我不是历史学家，关于这位一度威震世界的“天之骄子”的轶事，未曾详加考证。在此，谨请那些治学严谨的学者专家对于我的冒昧多加宽恕……

“喂，听说没有，术赤汗[1]已经归天啦。”钦察万人队[2]里的一个老兵十分神秘地说。

“纳雷曼，你是在说梦话，还是发疯了？当心护着你那条老命吧！”

“真的。我的一个堂弟在他卫队里，是他亲口对我说的。”

“怎么，得了暴病？他不是还很年轻吗？”

“不，是在出去打猎的时候，合罕[3]自己派去的密使把他的脊梁骨给拧断了，因为合罕对他不信任。那天术赤汗射伤了一匹野马，野马不肯轻易成为他手中的猎物，拼命朝草原那边的河套里奔去。术赤汗当然也不肯放走已经射伤的猎物，一直穷追不舍，连他的卫队都被甩得远远的，只有几个合罕派来的贴身人员尾随在后。可是，当卫队的人也追进河套里时，发现术赤汗已经落在马下，两眼瞪着蓝天，一句话也说不出来……”

---

① 成吉思汗的大儿子，钦察汗国的汗。
② 成吉思汗的军队编制是按万人队、千人队、百人队等形式排列，钦察万人队是由钦察汗国的人组成的。
③ 指成吉思汗。

“嗬，瞧你说得有鼻子有眼的，莫非这一切你都亲身经历过？”

老兵缄默了，怔怔地打量了一会儿那个揶揄他的人，一甩手起身走出帐幕，融进黑沉沉的夜色中去了。

柯尔博戛乐师本来在一旁静静地侧卧着听方才的奇闻，不想介入话题。可是当他听到术赤汗临终是怎样绝望地瞪着蓝天，无言地死去时，长长地吐了口气，再也躺不住了。他坐起身来。默默目送着那个老兵的背影消失在门外，便拿过自己的冬不拉，调弄起琴弦。听到琴音，那几个沉浸在刚刚揶揄了人后的喜悦中的人，忽然打住话题，惊奇地打量着这位举止突然有点反常的乃曼[①]乐师。少顷，琴弦调好了，柯尔博戛这才缓缓开口：

“长老们，兄弟们，你们知道我是曾经发过誓的——决不在成吉思汗的君威下弹琴歌唱。可是今天术赤汗归天的消息使我的手心和喉咙发痒了，同胞们，请允许我破例唱上一首我们哈萨克先祖的英雄颂诗吧！”

他顿住了，用恳切的目光环视着帐内在座的人，那双眼睛里闪射着灼人的光焰。人们都在默默地颔首。于是，低沉的歌声伴随着雄浑的冬不拉琴音，在这狭小的四角帐幕里悠悠颤荡：

---

① 哈萨克部落之一。

喂，可怜的人，
请你睁眼看，
你儿子名叫阿勒帕米斯[1]。
……

显然，歌声和琴音已经轻轻地飘出帐外，引来了附近的邻居。不一会儿，帐内就挤满了跟随钦察万人队迁徙的乌孙、康居、阿尔根、突奇施部落的老人、妇女和孩子们。更多的是乃曼部落的人。甚至有十几个乃曼千人队里的骑士也挤在这里。人们的炙热眼神一刻也没有从那双拨弄着琴弦的手上离去。一个个就像跋涉在无边的沙漠里忍受着饥渴的煎熬，突然发现一股甘甜的泉水，得以从濒临绝境中挣脱出来一样，那样地兴奋，那样地忘怀一切。的确，自从成吉思汗的铁骑闯入钦察草原，这位名扬四方的琴师发誓不再弹琴歌唱。于是，人们再也听不到他那动人的琴音和美妙的歌声了。要知道在哈萨克的六十二霍额尔[2]里，没有柯尔博戛不会弹奏的曲子；在哈萨克的歌海里，更没有他不会唱的歌。每当他拿起冬不拉，那一支支曲子就会像一股股山涧的小溪，融融流入人们的心田；又

---

① 哈萨克古典长诗，约产生于十至十一世纪，阿勒帕米斯是该诗男主人公。
② 哈萨克音乐巨库，每一个霍额尔里都有若干个曲子。

像一群群奔腾的骏马，气势磅礴，令人分外心驰神往。而他的歌声又是多么迷人啊，听一曲就会让人陶醉流连……这不，人们静静地倾听着，完全被他的歌声所征服，沉浸在这激动人心的古老诗篇里了。只有无声无息的羊油灯火苗，在不住地轻轻跳跃。

……

蒙古人也有他们的巴特尔，

他的名字叫喀勒曼，

在他手下有千人，

被当作奴仆来使唤，

家有十畜抽一头，

全都进了他的圈；

又看中了古蕾芭馨，

要把这美人娶进帐；

……

柯尔博戛拨出一段激越昂扬的旋律，略略提高了调门。他的双眸在昏暗的羊油灯光照耀下闪闪发亮，显得格外坚毅有神。脸色却是那样的古板，几乎没有一丝表情。然而他那一双手，十分灵巧地在冬不拉的音节间滑来滑去，抚弄着两根纤细的琴弦。

……

刀枪不入阿勒帕米斯，

他誓与敌人战到底，

请站起身来展开掌，

但愿他青春更久远。

……

人们开始悄悄抹去泪水。有几个老人甚至轻轻呜咽起来。还有两名乃曼骑士显然也是抑制不住自己，欷歔着。当乐师唱到“请站起身来展开掌”时，所有的人唰地一下站立起来，不约而同地展开了双掌。就连柯尔博戛本人也受了众人的感染，当下抱着冬不拉站起身来，与众人一道抚面，为阿勒帕米斯的青春长驻向真主祈求助佑。歌声和琴音暂时中断了，帐外静悄悄的……

忽然，帐门被推开了。所有的人都向帐门望去——他们以为准是守夜巡视的蒙古亲兵闯了进来，似乎一个个默默等待着一场灾难的降临。然而，人们看到只有一个人影闪进帐内。当羊油灯的微弱光亮终于照清来者的面孔时，柯尔博戛认出他是方才那个赌气走掉的老兵。那些乃曼士兵也顿时认出了他，个个喜出望外地嚷了起来：

“这不是纳雷曼吗？”

“喂，你这开的是什么玩笑呀，老兄，害得大伙儿虚惊一场。”

“瞧你这副惊慌失措的模样，莫非出了什么事么？”

人们终于如释重负地嘘了口气。纳雷曼也定了定神，说：“不……不好啦……”下面的话还没说完，他就喘不过气来了。帐内的气氛顿时又紧张起来。

“喂，到底是怎么回事？”

“快说呀！”

有几个性急的人，分明已经按捺不住了。

“术赤汗不是失踪了吗……”纳雷曼反倒平静了些，急匆匆地开口道。不料，他的话头被打断了：“喂，你刚才不是说他已经归天了吗？”

“当然啦。不过谁敢给合罕照此禀报呢，只得说术赤汗忽然失踪了，想以此暗示一下他就会明白的。可是谁知合罕一听这话勃然大怒，限令我们钦察汗国的所有臣民在三天以内找回术赤汗，否则将血洗钦察草原……”

“我说，纳雷曼，合罕是什么时候恩准你做了他的书记官，啊？”

人群里不知是谁问了一声，突然间爆发出来一阵哄堂大笑。纳雷曼狼狈极了，但他从来不知道也应该用同样刻薄的言词回敬别人。此刻他脸上积满了焦虑的愁云，他几乎是向着众人求救似的喊了起来：“你们乐什么呀，啊？这是实话，我刚回军营听到后就匆忙折了回来，你们明白了吗？！合罕说了——如果找不到术赤汗，要把咱们钦察草原的人斩尽杀绝；要是谁敢向他报送噩耗，他就要给谁嘴里浇进滚沸的铅水！怎么样，好笑吗？你们笑呀，笑呀……”说着，纳雷曼已经哽咽住了，他用那只粗糙的大手狠狠地抹了一把脸上的泪水。“最先遭殃的，还是……还是咱们万人队里的人，难道……你们有……有谁能够幸免于难？”帐内的空气凝固了，所有的人都屏住了呼吸，仿佛有一只无形的巨掌盖向他们，压得他们透不过气来。

“啊，这个合罕，他是说了就要做的……”

不知是谁喃喃了一句，立刻引起了一片沉重的叹息声。纳雷曼干脆放声嚎啕起来。也许是受到他哭声的感染，那些一直不敢出声的妇女们嘤嘤地哭了起来。霎时，幼小的心灵被他们还无法理解的恐惧所慑的小孩们，也发出了尖利的哭声。有几个人看来十分机敏，索性夺门逃出了这个笼罩着恐怖的帐幕，似乎极力要摆脱那个过早地伸向他们的魂灵而来的魔掌，狭小的帐内顷刻乱成一片……

“乱什么！难道你们这样就能摆脱绝境吗？”

突如其来的一声怒吼，镇住了这些手足无措的人们。他们用惊恐的眼神寻觅着这个声音来自何方——原来竟是那个乐师！方才，在绝望中人们早已把他连同他的冬不拉忘得一干二净，此刻，似乎才忽然发现了他的存在。

柯尔博戛紧紧地攥着冬不拉琴柄，眯缝着一双眼睛，把帐内的人默默环视良久，这才开口：“明天，我去向合罕禀报术赤汗的下落，你们安心地回家睡觉去吧，祝诸位能做好梦。”

纳雷曼在早祷以前就起来了。其实他昨夜通宵没有合眼——尽管那个柯尔博戛乐师祝愿他和众人一道做个好梦。一闭上眼睛，柯尔博戛乐师那张说不清是什么模样的脸庞就要在他脑海里浮现。纳雷曼觉得不可思议，那个不善言辞的乐师，正在别人绝望地嚎啕时，是怎样想起要去向合罕禀报噩耗呢？天哪，等待着他的，分明是在铜鼎里滚沸的铅水哟！他当时震住了，还以为自己一时过于悲哀，没听真切。然而，他从人们一张张惊异的脸庞上，明白了这是不容置疑的事实。直到现在，一想起这桩事来，他浑身就不由得一阵阵发怵。他实在想象不出，就要发生在今天的事情结局将会如何。也许，昨晚那一切都是幻觉？

纳雷曼时不时揉一下由于失眠而发涩的双眼，向那条通往蒙古军营的小道上不住张望——如果柯尔博戛乐师果真像昨夜宣称的那样有胆量去谒见合罕，这便是他的必由之路了。纳雷曼说不清自己为什么要守在这里，也许只是为了想证实一下柯尔博戛是不是一位说到做到的男子汉而已？直到日头爬得一鬃索高，纳雷曼才看到柯尔博戛乐师独自骑着一匹雪青马，怀抱着那只永远不离身边的冬不拉，骎骎驰了过来。不知怎么，纳雷曼的心忽然紧缩了，当柯尔博戛乐师驰近时，他竟疯狂地抢到小道中央，挡住了乐师的去路。雪青马受他一惊闪向一旁，柯尔博戛勒住了坐骑。他认出了这位拦路人就是昨夜那个老兵。

“喂，我说，你这是在试我的骑术还是怎的？”

“不，不，你不要去，你不要去！他们会眼睛不眨一下地给你喉咙里灌进铅水的！”纳雷曼瞪着一双充满恐惧的眼睛，声嘶力竭地喊叫着，一把抓住雪青马的笼头，再也不肯松手了。“我不放你走，我看得见那里只有加布热依勒在向你招手……”

柯尔博戛平静地笑了，他从坐骑上探下身来，轻轻拍了拍纳雷曼的肩头，微笑着说：“谢谢你了，书记官。”

纳雷曼怔住了，双颊忽然热辣辣的很不是滋味儿。那双紧攥着笼头的手，不知不觉松了开来。柯尔博戛微笑着点了点头，一刺马肚，向蒙古军营驰去。

纳雷曼呆呆地目送着乐师渐渐远去的背影，忽然奔过去抓住一匹正在就近草滩上放青的马，也不管是谁家的坐骑，解下绊腿缚在马脖儿上，骣骑着追赶乐师去了。

坐落在蒙古军营深处的合罕的驻屯前，两个哨兵交叉起长矛，挡住了他们的去路。纳雷曼不知道怎么办才好。他们已经经过八道宿卫哨了！只见柯尔博戛乐师跳下马来，他也慌忙滚鞍落地。方才他追上柯尔博戛时，乐师竟然没有表现出丝毫的诧异。仿佛他们早已约好要结伴而行。

“愿合罕洪福，我们禀报术赤汗的消息来了！”乐师说。

两个亲兵——他们身穿袖口上有红袖标的蓝皮袄，已经闻声从挨得最近的那顶帐幕里跑了出来。

远处那座庄严的黄殿幕的缎幔立即掀了开来，从那里传出一道命令。伫立在直通殿前的小路上的八个哨兵，一个接着一个传唤道：“伟大的合罕命令，‘放行’！”

交叉的长矛收起了。纳雷曼全然不知自己在做什么，只是机械地仿着柯尔博戛的模样，撇下坐骑，熏过神圣燎火的香烟以后，双手交叉在胸前，跨上了通往殿幕前的小路。乐师的腋下依然紧夹着他那心爱的冬不拉。他们在金色的门前停了停。只见入口两旁立着两匹那样漂亮的马儿——一匹乳白色，一匹嫩黄色，都用纯白的马鬃索系在金铸的拴马桩上。一个目光呆滞的侍役，把他们引进殿幕，用手示意他们坐在地毡上。

直到这时，纳雷曼才清醒过来。他凭感觉知道，此刻自己就坐在那个连孩子听到他的名字也会止住哭声的合罕面前，合罕正在用利剑般的目光审视着自己。但他不敢抬起头来望上一眼。自己究竟怎么会跑到这里来呢？他已经想不起来了。不过，有一点是清楚的——地狱的大门也许就是从这里为自己而打开。他的心禁不住隐隐作痛了……

“说！”一个低沉的声音响了起来。

纳雷曼本能地缩了缩脖子。一阵战栗从他盘压在身下的脚尖发起，立刻通遍了全身。他无力地闭上了眼睛，顿如自己已经迈进了地狱的门坎——他对铅水的威力确信无疑——毫无疑问，当你的舌头还没有来得及品出它的滋味，就会将你从头到脚化成一缕青烟的……

他的思维几乎停止了。他的感官似乎失去了知觉……

然而，朦朦胧胧的，好像从一个异常遥远的地方，飘来了一阵诱人的轻轻音响。那一定是小虫的吱吱声。不，分明还有小鸟的啾啁掺和在一起……

哦，这是多么迷人的钦察草原啊。那交织在一起的特殊音响，只有草原才独有。你瞧，灿烂的阳光正在用它温柔的嘴唇含情脉脉地亲吻着绿色无垠的草原。一堆堆白色的积云，逍遥自在地滞留在草原上空，这里那里地，投下了一块块寂然无声的、参差不齐的阴影。草原上杳无人迹。只有一群野马在某一块云影下静静地吃草，偶尔，打一阵得意的响鼻……

纳雷曼迷惘地抬起眼来，却看见了一张火红色的阴沉的面孔，和一双正在冰冷地直视着自己的黄中透绿的眼睛。纳雷曼受不了那个冰冷的目光，不由自主地打了个寒战，慌忙低下头去。

他似乎又感到了那飘渺的乐曲声，仿佛看到一队骑士神奇地出现在宁静的草原上。为首的是一个高傲的骑士，他的坐骑多么秀丽呀！与这队尾随的骑士们的坐骑相比，显得格外超群。

现在那个高傲的骑士发现了那一群野马，猛刺马肚率先冲了出去。野马群顿时炸开了，那位高傲的骑士当下拈弓搭箭，射中了其中的一匹。野马群眨眼间消失在地平线的尽头，只有那匹中了箭的野马落伍。它显然是伤着了一条前腿，尽管已经瘸了，却依然疯狂地朝草原那边的河套里奔去。高傲的骑士并不肯轻易地放走这眼看到手的猎物，一溜烟追了过去，只有三两个人跟上了他，其余的骑士全被远远地抛在后边。

当那个高傲的骑士追逐着那匹瘸腿野马，钻进河套里的密林中时，突然被一股神秘的力量从马背上掷落了。骑士在仰面倒地的刹那，看到了几张熟悉的面孔。他明白自己遇到了一件什么样的事情。然而他一动都不能动，连一句话也说不出来了，一双充满懊悔与怨愤的眼睛，无力地瞪着蓝天……

那一匹企图摆脱死神的野马，穿过密林，挣扎着涉过河水，却跌倒在河对岸的苇荡里了。不一会儿，有一只不知来自何方的秃鹫，凄厉地鸣叫着，在苇荡上空盘旋……

殿幕内寂静无声。许久，从屏风那边传来一个女人的啜泣声——那是术赤汗的母亲。

“喂，你弹的是什么曲子？”不知又过了多久，合罕问道。

“《瘸腿野马》。”柯尔博戛乐师平静地回答。

合罕的眼睛眯缝起来，只剩下一条狭小的细缝儿。他紧闭着嘴，举起胖胖的手指往空中一划，立即有一群卫兵出现在殿幕里了。

“拿铅水来！”合罕命令道。

霎时，纳雷曼的耳边传来了在铜鼎里噗噗滚沸的铅水响声。再过一会儿，铅水就要灌进自己的喉咙里了。他忽然忘记了胆怯，绝望地抬起头来。只见合罕高高地坐在金宝座上，一双黄绿色眼睛满含着晶莹的泪光，不知什么时候，两行泪水竟已顺着他的双颊滚落下来。

“拿过他的冬不拉！”

卫兵们照办了。

“把铅水给我倒进冬不拉里！”

纳雷曼莫名其妙地注视着这一切，浑身早被汗水浸透了。可是，当滚沸的铅水噗地一下，将冬不拉的音箱化成了一缕青烟的时候，纳雷曼发现，柯尔博戛乐师正在痛楚地望着被贪婪的火舌舔舐着的那一截余柄……

遗　恨

当然，我所要讲的是从爷爷嘴里听来的故事，可他说过这是我曾祖父的亲身经历……

“孩子们，你们哪一位敢于不用枪子，而是持着短剑结果了那只黑熊呢？”主人习惯地捋了捋漂亮的八字胡，指着在离我们隐蔽的悬钩子丛约有十鬃索[1] 远的一棵云杉下呼呼大睡的黑熊，压低了声音说：“谁要能够做到，我一定重赏！”他拨开密密的悬钩子丛，吃力地扭动着胖胖的脑袋，扫视着隐蔽在身边的我们几位猎手。偏西的太阳从遮天蔽日的云杉林顶，努力射进了几缕暗淡的光线。那只黑熊的鼾声，使云杉林里异常幽静。甚至隐隐透着某种令人胆寒的阴森气氛。方才我们在突然发现这只熟睡的黑熊时，猎队的几位猎手都激动地把子弹压进枪膛，只待我们的主人一声令下，便扣响扳机了事。谁知他会想出这种使人为难的点子来呢？我们几位只是面面相觑，慢慢退出枪膛里的子弹，默默望着熟睡的黑熊……

“你们听，那个蠢笨的家伙睡得多死。嗯……”大概有几颗早已熟透的鲜红细嫩的悬钩子实，受不了茎秆的摇曳，掉进了主人的领口。他把胖乎乎的右手伸进领内，企图摸出它们，许是他触摸得太狠，待他抽回手来时，手

① 一鬃索有十二庹长，一庹约五尺。

指间渗着鲜红的水汁。他笨拙地在膝下的青草上揩了揩手，这才重新发话了。“怎么，难道我的猎队里就没有一位勇士拍胸而起？……哦，贾尔肯，我的好孩子，瞧你的眼神多么勇敢。是的，我知道在你的胸膛里跳动着一颗雄狮的心。除了你，我看再也没有一个男子汉敢去剥回那张熊皮了。”他用充满信任和期待的目光看着隐蔽在我身旁的那条壮汉。这是我们猎队里最勇敢的勇士，也是我亲如兄弟的朋友——由于我枪法出众，他把我看作最可信赖的伴侣，出门总是把我带在身边；而我也把他当作自己最可靠的靠山。我绝对相信在这方圆多少个阿吾勒里，没有一位与他气力相当的男子汉，更没有一位具有与他同等的胆量……贾尔肯却是双唇紧闭，目不转睛地凝望着那只熟睡的黑熊，脸色由红变紫，由紫变青，最后恢复了红润的光泽。霍地，他毅然伸出了右手：“主人，请把您心爱的短剑借我一用。”

“有种，这才像我家的孩子。拿去吧，我的勇士，愿真主保佑你凯旋！”主人竭力压低嗓门，异常兴奋地说着。我们的主人就是这样，总要把我们几位（当然，除了打猎，平时我们就是主人家的卫队）亲切地称为“我的孩子”。坦率地说，我们是为此感到自豪的。贾尔肯庄重地双手接过主人的短剑，插进了右靴筒里，解下自己的佩剑插进左靴筒里，便看都没有看我们一眼，轻轻跃起身来，猫腰敏捷地向熟睡的黑熊摸去……

四周死一般的寂静。所有的云杉好像都被贾尔肯的胆量惊呆了，它们悄然无声地凝神注视着勇士的举动，生怕招来一丝风声会把睡梦中的黑熊拂醒，或者使它嗅出人和铁的气味来。云杉林里那一片片茂密的悬钩子丛，更是胆战心惊地用长满细密刺芽的枝叶扯住勇士的衣角，摇晃着坠满鲜红果实的脑袋，似乎在恳劝他不要冒这风险。然而，出膛的子弹射出的箭，是无法挽回的。我只是屏住呼吸，努力睁大了眼睛望着贾尔肯在密密的悬钩子丛里忽隐忽现的背影。心中暗暗祈祷着："主啊，主啊，助佑他吧……"主人却不时地用手捅一捅我，眼里闪着激动的光芒，窃窃地说着："这才像打猎呢……这才算享受打猎的乐趣呢……这才……这……"可是，渐渐，他那蓬蓬松松的胡子开始簌簌抖动起来……

"嗷——"

忽然，一声熊吼，彻底打破了笼罩着云杉林的寂静。有几只松鸡从附近的什么地方扑楞楞惊起，惊慌失措地飞离了这个危险的境地。霎时，熊吼声透过茂密的云杉林枝叶，向上升腾着，向四周扩展着。又撞在对面的峭壁上，拖着长长的回音折了回来。于是，回音在云杉林上滚来荡去，久久不肯平息。给这本来就神秘莫测的云杉林，蒙上了一层更加令人毛骨悚然的恐怖气氛。

我猛然把子弹压进枪膛跳起身来，正欲扑去，却被主人喝住了。“别动，你去用枪，那算不得贾尔肯的本事。”我愕然了。然而这时，贾尔肯也大吼了一声。于是传来了黑熊的撕咬声和被折断的树枝的哔剥声。我探头向下望去，只见贾尔肯和那只黑熊从那棵云杉底下滚了下去，消失在丛林密布的谷底……

许久，一切声响都停息了。云杉林里似乎挂起一层让人难以捉摸的帷幕，帷幕后面的一切显得死静死静……

“喂，孩子，你去看看。”主人这才用手哆哆嗦嗦地捅了捅我。我简直不知道自己是怎样飞离主人身边，沿着碾平的草道来到谷底的。当我终于找到贾尔肯时，他就像一只饱餐猎物后栖息着的山鹰，蹲在一棵被霹雳击焦的云杉墩上微笑着，脸上留着几道被熊爪抓伤的深深的伤口，紫红色的皮肉翻卷开来，不住地渗着血水。皮坎肩的前襟也被熊爪扯成了条条碎片，裸露着的胸膛上留着道道血痕。那只黑熊尽管五脏涂地，却还在血泊中绝望地翕动着下颚。

“噢咿——，快来祝贺我们的英雄啰！”

我兴奋地狂呼一声，一下搂住了贾尔肯的脖子，狂吻着他那鲜血淋漓的粗糙脸颊。许久，主人才被两位猎手搀扶着赶到了我们身边。贾尔肯立即抖擞起精神，骄傲地迎上前去，双手捧着短剑归还了主人。

“啧啧，我的孩子，那头该死的蠢物把你抓伤啦？”主人指着贾尔肯浑身的血迹，关切地说。

“不，主人，这是我刚才抱着黑熊从山坡上滚下时，被悬钩子实染红的！”贾尔肯满不在乎地笑道。

“对！孩子，这才像我们哈萨克汉子。不是吗？‘男子汉头破了有帽遮着，胳膊断了有袖藏着！’我们焦勒克[①]为有你这样的勇士而感到骄傲！”主人踮起脚尖兴奋地拍着贾尔肯的肩头，而他的肚皮却先于自己十分亲热地触在贾尔肯身上。“喏，我的孩子，就把这张熊皮拿去铺在你家堂上吧。喂，孩子们，快剥下那个该死的蠢物的皮，绑到我的贾克西[②]的马后鞒上！”

一只黑熊吼叫着向我扑来。我沉着地扣响扳机。黑熊倒了下去。它在草地上一滚，却变作一条凶神恶煞的狗向我扑来。我又扣了一下扳机，但这次它居然哑了！糟糕，一条狗又变作一群狗，从四面八方吠咬着争先恐后地向我奔来。然而，我的枪依然是哑的。啊，我这猎获过多少猛兽的好汉，眼看就要喂作狗食了……啊，啊……我好不容易翻过身来，原来是一场噩梦。然而，一片令人心神不定

---

① 哈萨克柯宰部落的一支—焦勒博勒德部人的自称。
② 贾尔肯的爱称。

的狗吠声，仍在耳畔萦回。我似信非信地细细一听，阿吾勒里的确群犬狺狺，此起彼伏。并且夹杂着令人热血沸腾的召唤声：

“上马呀，焦勒博勒德的勇士们，快上马呀，阿哈拉合齐[1] 的马群遭劫啦！……”

我顿时紧张起来，在黑暗中摸索着匆忙穿起衣服挎上刀枪，出门便翻身上了吊在拴马桩上过夜的坐骑。要知道那时强盗经常出没草原，所以我们猎队的人每夜都要在门前备留一匹坐骑的。当我赶到主人家帐前时，只见这里早已挤着黑压压的一大群骑士，似乎整个阿吾勒里凡能上马的男子汉都赶来了。黑暗中人声嘈杂，我什么也没能听清，谁也没能认出来。只有立刻接近帐篷才能明了。然而尽管我抽打着坐骑，它却仍旧未能用它结实的胸脯闯出一条路来。

“喂，静一静，请诸位静一静！”

有人点燃松枝大声喝道。人群立刻安静下来。

“焦勒克的光荣骑士们，一伙该受主惩罚的强盗劫走了我的马群，据说是向阿合亚孜河谷窜去的。快上马呀，焦勒克的勇士们，赶回我们的马群，要维护住我们光荣祖宗的尊严！……”

---

① 旧时哈萨克人的千户长。

这激动而略显慌乱的声音是主人在说话。于是，众骑士呼叫着我们部落传统的冲锋口号，纷纷拨马欲奔。然而就在这时，有人大吼了一声：“等一等！”人群莫名其妙地安静下来。我睁大了眼睛，立在马鞍上想借着松明看一看这到底是谁，竟敢如此大胆地喝住即将冲锋的勇士们。啊，那个肿起的脸上有着几道血印的人，不就是贾尔肯么！只见他策马来到主人面前，威武地问道：“主人，守夜马倌看清那伙强盗到底有多少人马？”

“哦，是你呀，我的孩子，我还以为是谁竟敢如此大胆。”主人转身问道，“喂，马倌，到底是几个强盗？”

“许是有六七骑呢。”从黑暗中传来马倌低低的回答。

“主人，区区六七个强盗，用不着惊动全阿吾勒里的骑士。让他们回家歇息去吧，这六七个人让我对付好了——只要我带着奴尔阿西，在明晨就等着我们俩连人带马把那伙强盗赶回阿吾勒来！”

“有种。喂，焦勒克的骑士们，你们听见了没有？这是我们的骄傲！请诸位就像我一样地信赖我这勇敢的孩子，安心回家去睡你们的觉吧！”

……

阿合亚孜河谷口窄内宽，只要一过窄口，里面是一望无际的冬牧场，在那遥远的河谷尽头，便是翻往南疆的冰达坂。把马群赶进这条河谷，除非想翻越天山冰达坂，不然是别无出路的。我们在黎明前抄近路赶到这个窄口埋伏下来。此刻，河谷东边的山顶镶上了一层耀眼的金圈，而阳光却先落在了河谷西边的雪峰上。整个河谷依然被东边的群山投下的阴影遮掩着，显得朦朦胧胧。唯有不知疲倦的阿合亚孜河，在哗哗地唱着它那单调的歌儿。

“听，他们来了。”一直在侧耳倾听着山口方向动静的贾尔肯，忽然兴奋地触了触我，“快把坐骑牵来，到时候咱们像两只猛虎扑将出来，让这帮狂妄的歹徒瞧瞧咱们是谁！”他那昨天被黑熊抓伤的脸，现在已经肿了起来，伤口淤着黏糊糊的结疤，谁看着他这副模样都会有点害怕。

我解下两匹坐骑的绊腿，扣紧马肚带上了马背，选择了一处茂密的灌木丛隐蔽起来。这是一道直伸河岸的山嘴。河边长满了茂密的山楂、白桦、河柳、山杨。山嘴上尽是密密麻麻的云杉。只有一条小径穿过这里，通向河谷尽头的冰达坂。不一会，便有两骑尖兵过来了。我当下举枪瞄准，贾尔肯却摆了摆手，要我放过他们。少顷，一匹鬃尾垂地的儿马一马当先骎骎驰来。随后有五个持枪挎刀的汉子吆赶着大队马群衔尾而至。霎时，蹄声嗒嗒，尘土飞扬。透过尘雾，我又一次急不可耐地举枪瞄准。然而，贾尔肯又摆了摆手，轻声说：“他们中间没有领头的巴特尔[1]，许是留在后面断后，我们先放过他们，缚住那个领头的，再来收拾这帮废物。”我只得放下枪来，静静等候。马群早已过去了，然而弥漫的尘埃依然悬在半空，久久不肯飘散。

许久，一段忧伤的柯尔克孜小调透过喧哗的河水声，隐约传来。

……

山坡上长满白桦，

青羊在坡上戏耍，

噢咿，噢咿，我多么地想念，

伙伴们生长的阿依勒[2]啊。

山坡上长满了白桦，

麂子在坡上戏耍，

噢咿，噢咿，我多么地想念，

朋友们生长的阿依勒啊。

随着歌声，只见头戴柯尔克孜式毡帽的一条大汉，骑

① 哈萨克语中的英雄，亦指领头的强人。
② 柯尔克孜人的村落，相当于哈萨克人的阿吾勒。

着一匹黄骠马骎骎驰近。贾尔肯示意我留在林中守候，双腿一夹坐骑，嗖地一下窜出了树林。

“站住！”

他举枪横在道中喝道。

那条汉子的歌声戛然而止。然而他并没有去摘背上的枪，其实也来不及摘枪了，只是一丝轻蔑的笑意浮上了他的嘴角。

“喂，持枪的巴特尔，敢问尊姓大名？”

“贾尔肯！你是什么人？！”

“我叫居马莱。贾尔肯巴特尔，你若真算条男子汉，请把枪放下，我们来较量较量，你若确能制服了我，甘愿束手就擒，何如？”

“哈、哈、哈，你是哪家的巴特尔？”

“达坂那边博孜墩山上柯尔克孜巴依——巴雅洪旄下的巴特尔。”

“哦咳，看来你不愧是个巴特尔嘛，啊？想把我们的几百匹马赶到天山那边呢。哼，你当真想与我较量，先把刀枪扔到那边去，我这就撇下刀枪与你见个高低！”

居马莱当即取下背上的刀枪，从马背上俯下身来轻轻放在了草地上。

“好。你到那边再下马。”贾尔肯指了指约莫两鬃索远处靠河岸边的一块草坪，说。

居马莱策马走到草坪中央下了马，便把马缰拖在地上放了坐骑，脱着衣服。黄骠马略走几步，停在草坪边上静静地吃起草来。贾尔肯也当即滚鞍下马，把刀枪一丢，匆匆脱下衣帽，便虎视眈眈地向草坪走去。

我屏住了呼吸，圆睁着双眼望着贾尔肯的背影，心中不免万分担忧。是的，要在往常，对于贾尔肯来说，对付这样一两个强人是不在话下的。可是他昨天才跟那头黑熊搏斗过呀！喏，他脸上的伤疤不是还在渗血吗？那么他身上的伤口又怎么样了呢？何况今天的对手也不是昨天那头熟睡的黑熊，分明是一群手持刀枪，一个个肩上扛着机灵脑瓜的强盗！万一他们要是发现头领不见，折回身来寻找，那该怎么办呢？别说夺回马群，恐怕我俩连性命都难保。然而，贾尔肯的秉性我是再清楚不过了——往往在这种生死攸关的时刻，任何劝阻对他都是无济于事的。瞧，他们已经交上手了呢。在他们身下，青青嫩草正在被无声无息地碾平……

“哦……”我忧心忡忡地叹了口气，透过茂密的灌木丛枝叶，翘首望了望河谷上方。马群扬起的尘烟在远处一个突兀的山嘴那边渐渐消失了。当我庆幸地回过头来时，却禁不住吓了一跳——咋料得贾尔肯正被居马莱压在身下。他脸上那道道伤疤被重新揭破，已是满脸血肉模糊。尽管他竭力想翻过身来，但看得出这种努力只是徒劳的。

我当下猛刺马肚冲了过去。就在我的黑骐马从他们侧旁擦身驰过的刹那，我猛然俯下身来钳住居马莱的脖颈，从贾尔肯身上轻轻拔了下来。

阿合亚孜河依然哗哗地喧嚣不停。贾尔肯莫名其妙地站起身来，气喘吁吁地看着掀翻在一旁的那条汉子，等待着他重新站起身。然而，当我拨转马头回到草坪上时，他明白了方才发生的一切，立刻对我咆哮起来："滚，快给我滚开！哪怕他就是缚住我手脚，你只管在一旁看着就好了。你那样做算不得男子汉，明白吗？胜负由我们自己的气力来裁决！"

我能说些什么呢？只得默默策马返回原来隐蔽的灌木丛里，静静听着两条大汉吭哧吭哧的搏斗声。忽然，从河谷上方隐约传来了马蹄声，我急忙把子弹压进枪膛，全神贯注地倾心静听起来。从渐渐清晰的马蹄声听来，来者是两骑呢。一点不错，他们从前边那个小土岗上驰下时闪了一下身影，确确实实是两骑。稍许，他们便在土岗这边的小径拐弯处转了出来。眼见的两骑背挎大枪，手持长剑驰来，我举枪策马突然奔出树丛，横挡在小径中央了。看来他们早有所料，尽管这一切发生得这样仓促，突然，他们毫不犹豫地挥舞着长剑直奔而来。

"砰"的一声，我扣响了扳机。为首那个应声落马。他像只猫呜呜怪叫着，在路旁草地上打了个滚，霍地站起身来，拼命伸出双臂，活像要把整个山峦河谷搂进怀里。然而他的身子晃了一晃，扑空了似的嗵的一声栽倒在黑色的小路上。接着挣扎着翻了个身，仰面躺了下来，两只手紧紧攥住路旁的草丛，双腿很不情愿地蹬跶了几下，刨起一缕黑色的尘土，终于艰难地挺直了身子。他的坐骑却没有惊奔，只是恋恋不舍地嗅着主人的尸体。紧跟在后面的那骑猛然拨转马头窜进茂密的灌木丛中去了。我又举起了枪。当雪白的毡帽在不远处的一丛山楂后面一晃而过时，我屏住呼吸又扣响了扳机。霎时，我就看到那匹枣红马背着空鞍，疯狂地奔上小径，留下一道烟尘，隐没在小径尽头的树丛后面了……

我赶到方才那骑落马的山楂丛后。正如我之所料……我的枪子只是跟他开了个玩笑，揭去了他的毡帽而已。可是那位骑士误以为自己已被加布热依勒[1] 勾魂，竟伸开四肢昏死在那里。我毫不费力地将他手脚缚住，驮到鞍前。来到草坪上时，贾尔肯也已把居马莱捆了个结实。可是他本来就伤痕累累的脸上，又少了一只耳朵。鲜血正顺着他的耳根浇进脖子里。我立刻跳下马来，割下一块鞍垫上的毡子，烧焦了按住贾尔肯的耳根。

“没关系。”贾尔肯抹了一把脖子上的血，对我吩咐

---

① 真主专差勾魂的使者。

道："好样的奴尔阿西兄弟，现在你留心守着他俩，我这就去从那帮孬种手里夺回马群。"

"慢着，"正在这时，被缚着手脚躺在那里的居马莱忽然发话了，"慢着，你们当真是些好汉，放了我那位老弟。你们用不着伤害他们，我的那些兄弟是无辜的，一切都由我来承担。当然，我会把马群给你们赶回来的，何如？"

我和贾尔肯面面相觑……

当我们押着居马莱巴特尔，赶着马群回到阿吾勒时，主人亲自出帐迎接了我们。这当然使我们感到荣幸之至。然而，有一点却让我们百思不解——主人见了居马莱居然当众啧啧称赞："嘆，可真是一条好汉。好呀，我家这又多了一个勇敢的孩子。喂，管家，快给我的孩子们备饭。"当场他亲自为他松了绑不说，从此便当真把他留了下来。对此，贾尔肯一直表示不满，几次见机进言主人，劝说留着这么个祸根将会后患无穷。然而主人只是宽宏大量地一笑了之。

一年后的夏牧场上，我们的主人办了一次摔跤聚会，几乎阿吾勒里所有数得上来的骑士们，都自告奋勇地登场摔过了。最后，主人亲自点名让贾尔肯和居马莱摔上一场。于是，他们俩便轻装扎好腰带上了场。一交手贾尔肯便举起了居马莱，但是没能摔倒。正当他把居马莱放在地上的刹那，居马莱却出其不意地将他摔倒了。人群立刻呼叫起来。当下贾尔肯迅速爬起身来，我清清楚楚看到他脸上的几道深深的伤痕，在这刹那间已经涨得殷红殷红，一直红到了他那残缺的耳根。他稍稍一怔，便像一只激怒的雄狮猛扑过去。于是，两人重新扭在一起了。不知过了多久，贾尔肯终于举起居马莱重重地摔在地上。然而就在倒地的刹那，居马莱凄惨地叫了一声……

两个月后，居马莱方得康复。原来那天他倒地时，贾尔肯的右膝顶在他胸口上，竟折了两根肋骨。眼下已是打草季节，他和我们猎队的弟兄们一起来到阿合亚孜河谷，准备芟垛过冬的干草。然而，扎营的第二天下午，居马莱便神秘地失踪了。贾尔肯早有所料似的，当下撇下我们众人，单枪匹马奔向河谷尽头的冰达坂去了。直到翌日晌午，才郁郁不乐地返回草场。从此，他的脸上一直挂着阴郁的愁云。我几欲驱散他心头的愁云，然而，每当我问起什么事情使得他这般忧愁时，他总是轻轻地摇摇头，惨然笑笑而已。

后来，当主人知悉居马莱投奔他人的消息时，禁不住对着贾尔肯连连自怨道："当初，我怎么就没听你的忠言呢，孩子，我明白了，看来狼崽是养不成家狗的。只怕他往后少不了还要向我的马群下手呢……"

贾尔肯却默默无语。

日子就像一根无限延伸的链条，一环扣着一环慢慢滑过。翌年夏牧场上的一个寂静之夜，主人的马群又一次遭劫。这次贾尔肯并没有反对带上猎队的全部人马追击。我一听说马群遭劫，就断定这是居马莱前来报复。然而在路上贾尔肯恶狠狠地对我说道："你少胡扯八道，不会是他，绝对不会是他！"说罢，猛地落下一鞭，远远抛下我们，隐没在夜幕里去了。只是从前边传来渐渐远去的马蹄声。

当明亮的启明星在黎明的天幕上渐渐暗淡下去的时候，我们远远看到了依稀可辨的马群。然而几乎与此同时，我们发现在前边不远的土岗下，静静地立着贾尔肯的空鞍坐骑。我们急忙赶到土岗下，只见贾尔肯的头皮反扣在脸上，人已经躺在血泊之中。"贾尔肯！"我大叫一声滚鞍下马，把他抱在怀中。我的手颤抖着，小心翼翼地把倒扣在脸上的头皮给他翻回到血肉模糊的脑门上，轻轻揩净了脸庞上的血迹。他那脸上被熊爪留下的几道深痕，此刻显得惨白惨白，活像冬日里冰封雪盖的深沟。他的脸是那样的恬静而安详，没有一丝痛苦的痕迹。我的心忽然提上了喉咙，禁不住对着他那只耳轮幸存的耳朵呼唤起来："贾尔肯，快醒醒贾尔肯……"

许久，他终于慢慢睁开了眼睛。"你……总算……赶到……了，我还……以为……来不及……见面……了呢……"

"快不要说这些不吉利的话了，贾尔肯，这点小伤没什么，你很快就会好起来的……”

我本来还想说些诸如狗熊都没能奈何了你的俏皮话来安慰安慰他的，然而，不知怎的我却哽咽住了，泪水猛然溢出了我的眼眶。他在我怀里惨然咧了咧嘴，喉结缓缓滑动了一下，吃力地说：“我……不行了……，中了……埋伏……，他们……用带耙的……枪托……给了我……一下。嗯……，当初……居马莱……也是……在……冰达坂上……中了我……埋伏……的。我……恨我……自己……犯下了一个……不可……饶恕的……罪过……，请你……代我为他……在天……在天之灵……做一次……乃孜尔（丧后宴）……。唉……，我……我恨……”说着说着，陡然，贾尔肯目不转睛地直瞪着蓝天，好像在那高深莫测的苍穹深处惊奇地发现了未曾知晓的隐秘似的……

故事到此结束了。

这是很早以前爷爷在世时讲给我听的故事。那时我还是个不明人生事理的孩童。因此，后面就把它给淡忘了。然而，也许纯属偶然，今天我忽然想起了早已去世的爷爷（愿他在天之灵得到安宁），于是这个故事也油然浮上了我的心头。许是出自对爷爷的思念之情，不知怎的我居然又把这个古老的故事，匆匆复述给你们了。倘使我和我的故事让诸位感到唐突，那就谨请见谅……

巡　山

他看到了那顶毡房穹顶般硕大的犄角，在那里纹丝不动。居然是在那并不险峻的山脊上。他极目望去，竟是一头岩羊卧在一块大圆石上。按说，那不该是岩羊歇脚之处。以它天生机敏，此时它应该有所动作才好。但是，不知怎的，貌似全然无知，一动不动。

这引起了他足够的好奇。

自从持枪证和猎枪一同被收缴，他再没有触及过岩羊的皮毛。岩羊已列入国家二级保护动物，猎获它是要犯罪的。当然，在这天山深处，所有的野兽和动物都有保护等级。这一点，他心里了如指掌。

这些年来，他只保留了一个习惯，每到初秋，都要到这山上走走，哪怕是看一眼那些野物。他自己将此称为巡山。现在山上的野物越来越多了。有时候成群的野猪会趁着夜色跑到牧人营盘附近，将草地翻拱一番兴冲冲地离去，压根不理会牧羊犬凶猛的吠声。肥嘟嘟的旱獭也会在光天化日之下昂然走过车路饮水上山。有一回走在山林里，不经意间一抬头在树杈上见到了狸猫，那家伙没有丝毫的怯意，两眼直视着自己，闪着幽幽的光。狼和狐狸他也常见。有一次，一只狼叼着一只黑花羊从公路旁高高的铁丝网上纵身腾跃而去，全然不顾飞驰的汽车，横切公路越过另一道铁丝网，在公路另一侧的草原上，朝着那条山梁奔去，估计它的窝就在那边，小狼崽们或许正在耐心等待它满载而归。

他终于从山坳登上了山脊。那只岩羊还在，几乎在那个大圆石上一动不动。

他有些迟疑。这是他此生见到的最不可思议的情景。一只岩羊，居然还会等着他登上山脊。按说以岩羊的机警，早就应该逃之夭夭。

他下了马，将坐骑用马绊子绊好，向着大圆石走去。

岩羊依然没动。他的心有点缩紧——太奇怪了！真是匪夷所思！那只岩羊丝毫没有逃跑的意思。

山脊的风很强劲，呼啦啦地吹着，秋黄的草被风撩起一阵阵草浪簌簌作响。雪山上的雪线已经开始低垂。要不了多久，雪线也会覆盖到这座山脊。

他环视了一下，对今天的奇景疑惑不解。

他决定攀上大圆石看个究竟。

他利利索索就攀上了大圆石。

那岩羊还是没动。

走近岩羊的刹那，他惊呆了。

这是一只已经痴呆的老岩羊，它根本意识不到人的走近，双眼蒙满了眵目糊，牙也掉尽，那一对毡房穹顶般的犄角尖，已经深深地长进后臀皮肉里了。

他望着眼前这只老岩羊，一阵惊怵像电流般袭过周身。天哪，他想，惟有你苍天不老，人和动物都会老去。

他将老岩羊双眼的眵目糊擦去，老岩羊却对他视而不见。

他心疼极了。

你怎么会老成这样，他在心里问这只老岩羊。

难道没有哪只狼来成全你么？

但是他又否决了自己。

其实，他心里清楚，狼也只吃它该吃的那点活物。只不过是背负罪名而已。哈萨克人那句话说得好，狼的嘴吃了是血，没吃也是血。

现在，他的心情很沉重。他不忍心就这样抛下这只已经痴呆的老岩羊而去。生命总该有个尽头。他为这只老岩羊祈祷。于是，他割下这只老岩羊的首级，将长进后臀皮肉里的犄角尖拔出，面朝东方搁置好羊头，依然保持着它曾经的尊严。他把老岩羊的躯体肢解后放在大圆石上，用枯草揩净手和折扣刀，上马离去。

这时候，他看见天空中开始有秃鹫盘旋，还有几只乌鸦和喜鹊捷足先登，落在大圆石上开始争食老岩羊的肉。一个艰难的生命终于终结。

下山的时候，他的心情多少有些缓了过来。他自己似乎突然彻悟了什么。

我的苏莱曼
不见了

那天，赛肯到得早些，没想在工场门口有一个人到得更早。不认识，完全陌生。不过，从他衣着来看，他一眼就看出这是来自中国的“回归者”。

他停下车，下来问了一句：早安，请问这么一大早，在这里等什么？

那人诺诺地说，早安，大哥，我叫苏莱曼，我是想能不能在您这里打一份工？我家有妻子和幼儿，我们需要生活。

赛肯仔细打量了一下面前这个苏莱曼，精瘦、高挑，还算健康。

你能做什么呢？

我什么都能做，我有的是力气，粗活重活都可以做。

明白。赛肯点点头，忽生恻隐之心。那你试试吧，给你半天时间。不过你得在这里先等等。

赛肯清晰看见苏莱曼眼中掠过一丝难以掩饰的喜悦。

赛肯直接进了工场。

不一会儿，他的合伙人伊万到了。

他说，你看到门口有个人么？

看到了。好像是来自中国的哈萨克。

他想在咱们这里打一份工，我答应他试半天，你以为如何？

当然可以，我的至亲朋友！

这会儿，他的几个工人也赶到了，开始工作。其实，他们前不久刚从俄罗斯西伯利亚进口一批红松木板，需要从车上卸下。

他走出门外，冲大门那边招了招手，苏莱曼箭一般地飞来。

他告诉苏莱曼，去吧，就在那边，和那几个工人搭手卸木材吧。

谢谢您，谢谢您给了我这份工作，我和我的妻子孩子会感恩您一辈子。

赛肯心里动了一下，这才说试半天，怎么就感恩起一辈子来了。

好吧好吧，你先去试试。

说罢，赛肯径直进了办公室。有很多的合同条文需要抠抠，他已经沉入工作了。

不知过了多久，也许是半个时辰，或者是一个时辰，伊万上气不接下气地闯了进来，他激动地说，你出来，出来，天哪，这是什么呀，简直是奇迹……

赛肯一头雾水，不知伊万在说什么。

你在说些什么？赛肯不解地问。

什么都不要说了，你出来一看就明白了。

伊万把赛肯连拖带拽地拉出办公室，顺手一指：你看，你看到没，你招来的那个人——

赛肯顺势望过去，伊万激动地说，看，我们的那些工人，两个人抬一块还吃力，你的这个苏莱曼一个人就抬起一块！

赛肯终于看清楚了，他们进的西伯利亚红松板材，那都是出自原始森林，又宽又厚又长，一块板材以往四个壮汉才能搬起，现在果然一块只有一人，而且苏莱曼索性脱去了上衣，那年轻的身体肌肉线条分明，每一条轮廓里似乎蕴含了无穷尽的力气。他和伊万站在那里，简直是在欣赏一幕人间奇迹。

棒极了！伊万说，你瞧瞧，他一个人在抬起一块！没见过，真没见过！

于是，在一个间隙，他走过去，拍了拍苏莱曼的肩，说，你可以留下，好好干吧苏莱曼！

苏莱曼像个永不停歇的发动机，在他的带动下，原来以为要一周才能卸完的板材，三天之内就卸完了，赛肯和伊万简直陶醉了。

卸板材的活儿完成了。苏莱曼说，大哥，能有工具么，我想把这个院子拾掇一下。

有啊有啊，就在那边，工具房，你自己去挑吧。

其实，工场院内有几间闲置房，有的放了一些工具，有的临时随便堆放了些东西。

他把一串钥匙给了苏莱曼。你自己去挑吧。他随后吩咐道。

苏莱曼点了点头，拿过钥匙走去。

赛肯又有一单生意要谈，急匆匆离开工场。

翌日清早，赛肯进得工场一看，简直不敢相信自己的眼睛，这个院子被打理得干干净净，让他感到还有那么几分陌生。他站在那里，几乎是有些陶醉地摇了摇头。真是不可思议，他自言自语地说。

苏莱曼其实到得比他还早，正在工场深处打理一些杂物。看到赛肯，他从那些堆积如山的板材群后面钻了出来。

苏莱曼，好样的，这个院子被你收拾得我都认不出来了。

苏莱曼略略低下头去，脸上露出一片掩饰不住的羞涩，像个获得老师褒奖的学生那样，神情显得心满意足。

这时，苏莱曼小心翼翼地抬起头来，怯怯地说，大哥，有一件事我不知该不该讲。

请讲，请讲。他和颜悦色地看着苏莱曼。

如果您允许的话，我想住到您工场院子里来，那几间仓库给我一间住就行了，我和妻子孩子生活就有着落了，晚上，我还可以帮您看着这个院子。

好啊好啊，那你收拾一间出来，搬过来住就是了。

谢谢您！您的恩德我和我的妻子孩子会铭记一辈子。

不用谢，你去腾房吧。

赛肯说罢忙自己的事去了。

中午时分，他出得办公室来看看，没想到苏莱曼竟把几间仓房收拾得井井有条，还把腾出的那间房粉刷一新，简直让他刮目相看。

不可思议！他摇摇头，对自己说，这是什么速度！

当天下午，苏莱曼一家就住了进来。

从此，这个院子里又多了一份温馨。

那天早晨，临出门前夫人对赛肯抱怨起来，你看看这个院子，成了什么样了！你每天一大早出去，晚上才回来，也不顾顾这个院子，野草都长疯了。

赛肯心不在焉地扫了那么一眼，果真让人视线不舒服，那野草已经没了田埂，苹果树、樱桃树、李子树根都被野草埋没了，连那一墙月季和蔷薇，都被野草比肩长齐，那些花朵似乎只有从草海里探出头来呼吸，勉强晒着阳光。还有他那个放置在山杨树下的长椅，几乎不见踪影，成了杂草和牵牛花倚傍的支架。天！他在心里倒吸了一口凉气。眼前这一派景象自己居然没有注意，和那个工场杂院相比起来简直显得有些颓废。自己怎么就没有顾上呢？真是的，只顾了忙乎……人有时对有些事还真是视而不见。

他有些歉意地望了望夫人，说，亲，我这就带人过来收拾利落。

赛肯到了工场，还没下车就把苏莱曼叫上车来。

你今天到我家收拾一下我那个院子。苏莱曼说要带什么工具么？

什么都不用带，家里有的是工具，你只管用就是了。赛肯一边说着，一边对他的合伙人说，伊万，我一会儿就回来。

到了他的家院，苏莱曼看了看院子，被赛肯带到工具房。

苏莱曼看着他满屋的工具，轻轻说，大哥，你这些工具我使唤不好，还是带我回去，拿我的工具过来做吧。

赛肯耸了耸肩，说，好。他们撇下一脸茫然的夫人，又匆匆赶回工场。

苏莱曼从他小屋里背出一个帆布小黄挎包，一根木柄还露出头。赛肯有些困惑地看着苏莱曼，准备送他过去。

苏莱曼说，您不用送了大哥，我已经认好家门了，我这就走过去，我走路很快的。

赛肯说，也好。

没想到中午时分，苏莱曼就赶回了工场，告诉赛肯，大哥，您家院子已经收拾好了，往后有这样出力的杂事，随时吩咐，我随时效力。

赛肯点了点头。

傍晚，赛肯回到家中，看着那收拾停当的院子，感到惊讶和一脸的陌生。

整个果园像被水洗了一样干净。那些滋生的杂草全没了，樱桃树是樱桃树，梨树是梨树，摆脱了杂草，一身清秀。那月季和蔷薇，也舒展着身姿，喷芳吐艳。

夫人迎出来也是满脸的舒心惬意。

他还没开口，夫人就赞叹起来，甭提这个中国人了，简直神了，拿来一个一拃长的小镰刀，还是直的，还没咱厨房切土豆的不锈钢刀长，我还不以为然呢，没想到一顿茶的工夫，他就把这个院子收拾停当了。

你是从哪里找来的这个中国人？夫人随后又问。

赛肯笑了，那天清晨的一幕还在眼前，他摇了摇头，坐在那棵山杨树下早上还被杂草覆没的长椅上，环视着院子，欣赏着苏莱曼留下的又一个奇迹。

赛肯在哲特苏这一方是个颇有影响力的人物，很热心一些公益活动，常解囊相助，所以和几任县长很熟。

那天，在一个聚会中与县长相遇。他就说，我有个远房亲戚是来自中国的“回归者”，在我的工场工作了一些年头，人挺不错的，给他划上个十五公顷地吧，这样他以后可以自立门户，过自己的日子。

县长笑了笑，说，当然可以，瞧瞧是谁在开口嘛！回头您写个申请到我办公室来，我给您批一下就是了。不过，赛克（尊称），听说，这是您的第五位亲戚喽？

赛肯不置可否地笑了笑。

那天，赛肯把十五公顷土地的地契放在苏莱曼面前时，苏莱曼简直不知道该说什么是好。他激动得有些语无伦次。谢谢您，我和我的妻子孩子会感念您一辈子。

赛肯倒是一脸的平静，他从办公桌上把地契推到苏莱曼面前，说，拿去吧，过你的日子去，什么时候有了房，你再搬走。之前，你还可以住在这里，只是你该打理你的土地去了。

苏莱曼说，今后您有任何事招呼一声我就过来，您是我的再生父亲。

赛肯笑笑，别这么说，过你的日子去，有事我会找你的。

在苏莱曼一家搬出工场之前，每天早晚几乎还能打个照面。那年秋天，苏莱曼一家搬出工场，在镇上租到了住房。之后就见得少了。有时苏莱曼会带着妻儿到赛肯家串串门。来年苏莱曼起了一套新宅，也有了二手车。偶或也会来看看赛肯一家。

又翻过了一两个年头，在一次婚礼聚会，赛肯见到了苏莱曼。此时的苏莱曼已经明显发福，腹部略略隆起，食指与中指之间很是优雅地夹着一根香烟，偶或吸那么一口，显得浑身惬意自在。一身的铁色西装，配上白衬衫、蓝格领带，与当地的同龄人已经没有什么区别。

虽然苏莱曼见到赛肯就十分谦恭地迎过来道安施礼，但是，赛肯还是隐隐觉得失去了什么。

他握着苏莱曼的手，望着他的脸说，喔喔，我的苏莱曼不见了……

猎鹰手

这个地方叫萨尔托盖，意为金色河套林。其北边是上阿勒泰山，东边是北塔山，南边是一望无际的准噶尔原野边缘，乌伦古河便由此向西逶迤而去，一路袭向大小乌伦古湖（1942 年起改称为福海），在那里蓄成两只蔚蓝色的眼睛，不倦地注视着苍穹。

乌伦古河的上游，其实就是从那上阿勒泰山和北塔山之间的夹缝里流淌出来的，在溯河而上折进阿勒泰山的当儿，河水与那条河谷齐名，叫青河。

此时正值隆冬，萨尔托盖——金色河套林已被皑皑白雪覆盖，除了偶或艰难地挣扎于山杨树杪梢的几片枯叶，河套林的金色气势已黯然无存。

在这天寒地冻的苦寒之地，漫长的冬季显然是农闲时节。而牧群也已迁徙到遥远的准噶尔盆地的南端，靠近天山北麓的沙梁和荒漠草原地带过冬。驻村工作组的几位，在向冬牧场送走了最后一批牧人后，忽然就清闲下来了。白天里放眼望去，除了雪山就是雪野，蓝天覆盖着一片白色世界，显得寂寥而空廓。这时候，一种念想便会悄然爬上心头。但是，工作组是有规定的，不准成员随便跑回县城或远在萨尔苏木别——阿勒泰市的家去。好在现在是信息时代，随时随地可以通过手机与家人联系。不过，还是得要转移转移注意力，排遣排遣内心的愁绪才好……

忽然有人有了好主意——阿桑说，咱们放鹰吧。

其实，这会儿正是放鹰的好时节，为了御寒，狐狸和狼密茸茸的毫毛长齐了，那正是猎获它们做狐皮帽子或狼皮大氅的最佳节令。

于是，他们几人开着那辆老掉牙的北京212吉普，来到阳坡那位老猎人家。他们知道，老人家养了一只阿勒泰山白翎猎鹰远近闻名。哪料老人家竟一口回绝。他说，你们不是放鹰人，放不了鹰；再说了，我养这只猎鹰也不是给你们放着玩的。虽说老人家用香喷喷的奶茶款待了他们，但他斩钉截铁的回绝让他们扫兴而归。

日子就这样一天天过去了，平淡甚或几近索然无味。

那天晚上，他们吃过晚饭，喝了点小酒，正围坐在一起打扑克，忽有人急急叩门。在开门的当儿，来人裹挟着一股白雾腾腾的寒气进来。起先，他们并没有在意来者是谁，反正当地农牧民偶或找到工作组反映一些情况也是常事。当来者摘下巨大的狐皮帽子的瞬间，他们看清了这是一位年轻人。

探寻的目光齐刷刷投向这位来者。年轻人有些局促，他差不多是嗫嚅着说，我知道，那天，你们去我家时我不在家，我父亲没有把猎鹰给你们。可是，今天我父亲住县医院了，他不在家，那鹰你们可以拿去放了。

是吗？太好了！那我们明天早上就过去！

他们几位显得兴奋起来。他们还没来得及让座，年轻人说，我得走了。转身消失在门外。

翌日清晨，早茶过后，工作组几位开着那辆北京 212 吉普，来到老人家门口。老人的儿子——昨晚那个年轻人，将他父亲那只戴着眼罩的阿勒泰山白翎猎鹰交到工作组手上，并且把父亲用来架鹰的皮手套也拿了出来。

工作组几位一致推举阿桑戴上皮手套架鹰。

于是，他们踌躇满怀地出发了。

按说，哈萨克猎鹰手放鹰是要骑着快马的，那样，鹰与猎鹰手相互默契，见到猎物，只要猎鹰手摘下猎鹰的眼罩，顺手将猎鹰架向空中，那猎鹰便会腾空而起，在高空中盘旋积蓄力量，锁定目标后，一个呼啸俯冲，眨眼间就会扑住猎物，期待主人骑着快马到来。

然而，工作组这几位一则是马匹不够，再者是觉得大冷天的，骑在马背上抵不住严寒，他们的着装已经城市化了，那单帮皮鞋还没在马背上蹬几下马镫，双脚肯定会冻僵的。所以，他们早就商定就用这辆北京 212 吉普来放鹰。

现在，他们让阿桑坐在副驾驶座上，摘掉副驾驶座的车窗，身着厚厚的军大衣，手戴架鹰的皮手套，将戴着眼罩的猎鹰架在上面，一副蓄势待发的样子。

于是，他们告别了老人的儿子，北京 212 吉普一路轰鸣着绝尘而去。白色的雪尘在车尾飘起时，折射着七彩的阳光，甚至形成了小小的夏日彩虹。这在寒冬里真是不可思议。

小汽车就是小汽车，不知疲倦地在雪野里奔驰。要是骑马，那马匹早不就大汗淋漓了。只不过是由于摘掉了一扇车窗，车里平地生风酷寒无比的同时，还夹杂着浓烈的汽车尾气味有些呛人。

在看似大平小不平的旷野上，小汽车颠簸着。猎鹰戴着眼罩看似也在顺着汽车颠簸的节奏前仰后合一颠一颠的，尾巴也在一翘一翘地晃动。然而，谁也没有意识到，就在猎鹰尾巴又一次翘起的当儿，哗的一声，只见一股白色稃物由鹰尾底下喷射而出，喷得阿桑满脸满身都是白色泡沫。原来猎鹰也承受不住北京 212 的颠簸，不得不排泄出来——禽不尿尿，自有门道。大家只好停下车来，在雪野里用冻得近似干粉的白雪为阿桑净脸净身。世界就是这样，有人死去，有人则会快乐。车上的几位果然忍俊不住，哈哈大笑起来。阿桑只好自认倒霉，好不容易把满脸的鹰粪擦净，这才露出他面庞的本色来。而黄色军大衣却被鹰粪白渍搞得彩色地图一般，怎么揩擦，也擦不净污渍，只好作罢。

这时出现了小小的分歧，就此作罢呢，还是继续前进。最终是后一种意见占了上风。猎鹰好不容易到手，这还得感谢老猎人住院和他儿子及时报信，否则哪会有此刻的惬意时光。你阿桑就忍着点吧，事已至此，你就继续架鹰前行，我们为你殿后。

无奈，阿桑继续坐在副驾驶座上，架鹰迎风而行。

快近晌午时，他们终于发现了一只跃起的雪兔。这让众人顿时紧张而兴奋起来——雪兔虽小，毕竟也是活物，应该放鹰猎捕——他们要的不是猎物本身，而是捕猎的过程。

阿桑果断摘下猎鹰眼罩，将架鹰的右手探出车外，高举着猎鹰，试图让它起飞。然而，猎鹰依旧是顺着小汽车颠簸起伏和迎面掠来的风势，前仰后合，尾巴一翘一翘的不肯起飞。雪兔已经不知消失在哪座雪堆后面了，一切显得那样的不巧。他们只好停下车来。这时他们才发现，那只猎鹰瑟瑟发抖，紧闭着双眼，压根没有了精神，更甭说展翅翱翔长空，搏击猎物了。原来，猎鹰已被汽车尾气熏晕了。唉，可怜的鹰，你本该在马背上与主人一道驰骋，腾空而起，叱咤风云……他们只好作罢，驱车将鹰送还，与老人的儿子约定当鹰精神好转后再次出猎放鹰。

翌日清晨，老人的儿子骑马架鹰，自己找到工作组驻地来了。他不无谦恭地说，这鹰昨天是被汽油味熏着了，不过，呼吸了一夜的新鲜空气，它已经完全恢复了，今天肯定不会让你们失望的。

他们几位短暂地交换了一下意见，旋即决定，今天改乘皮卡放鹰。当然，最好是让年轻人架鹰立在车上，他们几个坐进驾驶室。

这个决定很快付诸实施。老人的儿子将坐骑拴在工作组门前的拴马桩上，也没有顾上在坐骑前放上一束干草，匆匆忙忙架着鹰就翻上了皮卡，那几位一一坐进驾驶室。于是，在蜇人的寒气中皮卡呼啸着驶向旷野。

放鹰狩猎果然奇妙无比，他们甚至忘记了午餐，忘却了饥饿。在接近黄昏时分，终于看到了一只狐狸的影子。他们兴奋地摇下车窗，阿桑向车上的年轻人呼喊，快拿下眼罩，放鹰！那边有一只狐狸！

年轻人果断摘下眼罩放飞猎鹰。猎鹰直冲苍穹，在高天盘旋了一会儿，然后掠收起双翼，带着悦耳的呼啸声向远处俯冲下去。

皮卡开得更加疯狂了，他们也不管地形坑洼坎坷与否，滑过雪野，径直去向猎鹰俯冲着陆的去处。

在黄昏的暗光中，他们看到猎鹰似一座铁塔将狐狸牢牢锁定在身下。赶到近前时他们看清了，猎鹰的左爪抠住了狐狸的臀部，而右爪正好扣住了狐狸的尖嘴，狐狸的脊椎显然已经被猎鹰强有力的双爪挫断。猎鹰的一只尖爪甚至深深地嵌进了狐狸的一只眼睛。

阿桑不无快活地嘟囔着，都说猎鹰捕猎先抓猎物的臀部，当猎物企图反咬时，便会顺势抓住猎物的头部，将其脊椎挫断毙命。我一直将信将疑，耳听为虚，眼见为实，果然如此！果然如此！

老人的儿子也跳下皮卡，抱起了自家的猎鹰，他在不住地抚摸着得胜的猎鹰。

阿桑三下五除二便把狐狸皮剥了，按照哈萨克猎鹰手的传统方式，将还冒着热气的狐狸肉喂到猎鹰嘴边，以犒赏这位得胜者。老人的儿子接了过去，让猎鹰在雪地上尽情享用。猎鹰很是满足地撕扯吞咽着带血的狐狸肉，它对小主人很是满意。

猎鹰终于吃饱了。于是，他们卷起剥下的狐狸皮，撇下剩余的狐狸肉，纷纷上了皮卡回往驻地。

伙夫已为他们做好了晚餐。室内暖烘烘的，让他们感到无比惬意。正当他们享用晚餐时，老人的儿子无意识地摸了摸自己的双耳，他突然惊叫起来，我的耳朵怎么了？！

阿桑和那几位一眼看过去惊呆了，年轻人的两只耳朵变得有两个巴掌般大，还潦起了水泡。

冻伤，是冻伤！阿桑也喊了起来。他立即冲出门去挖来一桶雪，就地给年轻人干搓起耳朵来，他试图以这种方式给他治疗耳朵冻伤。还算见效，那两只耳朵的肿块开始消退。年轻人呻吟道，我的两只脚也没知觉了。

阿桑旋即又为他脱去单薄的皮鞋，年轻人的两只脚已经紫胀紫胀的肿了起来。阿桑又为他用雪搓起双脚，总算有了血色。于是，他们丝毫不敢怠慢，立即拉着年轻人乘上皮卡，开往县城医院，年轻人父亲就住在那里……

这一夜，人们手忙脚乱的，全然忘记了年轻人早上骑来的坐骑，没人添草添料，那匹马在拴马桩上整整饿了一宿。早上人们醒来发现，那匹马身上挂满了白霜，见了人，马居然求救似的在冬天里打着响鼻，咴咴嘶鸣……

草原骑士

一

那个士兵把枪一横，指着他厉声问道：哪里去?!

他端坐在马背上沉静地回首望了望被包围的农庄，又望了望农庄外的旷野，示意了一下身后的雪爬犁，那上面从覆盖的黑毡底下露出几条沾满血渍的人脚。他偏了一下头说，喏，埋死人去。

那位士兵看了一眼这个块头矮小的人，把枪头朝着农庄外一晃，有点厌恶地说了句，去!

一股喜悦的暗流霎时从他心底漾起，但是他不敢让它流露到脸上来，他轻轻地用脚后跟磕了一下马肋，坐骑便轻快起步，身后留下一道雪爬犁划过雪面清脆的吱嘎声，在他听来，雪原似乎暗暗为他祈福：好样的谢克，干得漂亮谢克!

农庄外不远处就是一道横亘的小山梁，越过那道小山梁，别说是农庄口哨兵的视线，就连他的枪子儿也无法追及。

不过，此刻他不敢让马提速，只能耐住性子匀速前行，稍有节奏变化，他敢肯定那个士兵会拉开枪栓从背后给他补上一颗枪子。

当他终于翻越那道小山梁时，深深地吸了一口气。事实上，他用肺将冰凉的空气温润后，再长长地吐了出来。他甚至翘起下唇将一缕白气吹向鼻子底下的胡须，他感觉得到那一撇胡子像秋风中的枯草一样乱颤起来，他心里却很是惬意。

好了，他现在可以借着小山梁的掩护改变走向。他知道，只要朝着东方走去，那边就是中国国境线。

只是他对身后的雪爬犁说了一句，穿上靴子吧，别冻着了。

他那个娇小的女人就像只狸猫，机灵地掀开毡子，用雪三下两下把脚上的血渍擦净，用裹脚布包好了脚，将抱在怀里的长筒靴利利索索地穿在脚上，重新躺回毡子底下。在她的身旁，躺着两个失去体温，肢体渐趋僵硬的亲人。她却没有一点恐惧感。

二

昨天夜里，一队士军突然袭击了农庄。

这是 1932 年初冬，政府摊派下来的上缴肉类任务奇重，很多农庄庄员上缴不起。但是，寒冬降临，莫斯科和列宁格勒需要大量肉类食品供应。于是，军队下来强征。很多哈萨克人面临着一场饥馑，他们自知熬不过这个寒冬，靠近国境地带的人便整个农庄向东迁徙，试图越过中国边界，到那边去寻生路。这下更惹恼了当局，军队得到命令，可以向试图逃离国境的任何人群开枪镇压。一队队士军便挨庄梳理，而青壮年成了首先袭击的目标。昨天晚上，士军突袭农庄时，他听到枪声逼近，便和小房一起躲进了地窖。当一夜的枪声过后，黎明时分农庄平静下来，他才从地窖钻了出来。他看到两个弟弟在院子里已经躺在血泊之中，脚上的靴子也被剥走了。

他不敢出声，悄悄将两个弟弟抱上铺着草垫的雪爬犁，从家里拽出一块黑毡覆盖在两个弟弟的尸体上。他对长房妻子做了交代，你是个老娘们儿，他们不会对你怎么样。两个弟弟就这样走了，我必须掩埋了他们，带着小房逃到中国去，剩下的粮食也好够孩子们和你果腹过冬。不然弄不好哪天我也得死在这里。我们平安相见吧，家里的事全交给你了，一切托付于主。

趁着天还没有放亮，他把地窖里的小房叫了出来，让她脱掉靴子，赤脚躺在两具尸体之间，他顺手将两个弟弟身上的血渍涂抹在三双脚上，用毡子把他们的头部和身体盖严实了，只露出染着血渍的脚，驾上雪爬犁向农庄外走去。

临行前，他将一把短柄圆锹和一把月牙斧藏在草垫里，怀揣一把短刀出门的。现在，他掩埋了两个兄弟的尸体，沿着一条山沟向着南面的阿拉套山赶去。他决定要躲避到冬季无人的山前林地，昼伏夜出，沿着山脚一路东行，平安越过中国边境。

他们是从纳林河越过中国国境的。但是，越过边界也不一定意味着平安，他本能地意识到，要离边界越远越好，不然很可能遇到追袭和不测。

于是，一路东行，趁着伊犁河上游特克斯河封冻，他们从冰面上越过特克斯河，一直赶到了巩乃斯河谷的源头。他确信，就算是当局的手再长，也够不到这里，才安顿下来。

一路上他都想起那首歌《萨玛利套山》(Samal Tao)，有时甚至在那天山谷地放开歌喉一唱。

萨玛利套山

我的家乡，我的湖泊

我不知被强征去当兵的日子会怎样过

我反反复复想起

浣洗衣服　留下脐带的家乡

我们没有骑马　徒步前行

步履蹒跚　走了十五天

快要接近奥伦堡

年轻的生命　面临深渊

命运驱使我走向陌生的远方

萨玛利套山留在了身后

我们没有骑马　徒步前行

步履蹒跚　走了十五天

快要接近奥伦堡

我家有父母　已经年迈

让我唱起这首歌

是十六岁的忧伤啊

只不过这位十六岁的兵丁被强征后，一路向西而去，留下的是他十六岁的忧伤；而他自己，留下故土长房妻小，掩埋亲人，一路向东而来，心中的忧伤却是一样的。

三

终于迎来春暖花开。

巩乃斯河谷尽头的春天分外灿烂，雪线逐渐向山脊退去，两山的针叶林冬日的铁色焕然一新，已经静悄悄地换为墨绿，随风送来阵阵松香沁人心脾。大地已然复苏，绿草开始丛生，一片片的山花把远近尽染，放眼望去让人心生惬意。

谢克已经开始喜欢上这块土地。这里的哈萨克人古道热肠，他们按照古老的哈萨克草原习俗，给他们送来接济品[1]——这家一块毡，那家一块毯，还有几床被子，几个枕头，锅碗瓢盆，一应俱全。为此，部落头领还召集了阿吾勒里的全体成员，具体认领各家拿出什么。富裕人家出一两头牛马大畜，贫寒点人家出几只山羊绵羊小畜。就这样，似乎在一天之内他的新家业就重新支楞起来了。

夏天里的一个晌午，有一位健硕的蒙古女人带着一个小男孩从他家门前经过，见到这家人，想讨一口奶茶喝。

那妇人会讲哈萨克语，只是略略带有一点尾音。她说是从居鲁杜兹——巴音布鲁克草原过来，她说她的丈夫和家人都在几天之内病死了，只有她和孩子活着逃出来的。

他突生恻隐之心，都是为寻一条活路奔命的人。

于是，冲着正在倒奶茶的小房挤了挤眼，便问那位蒙古女人，你愿意留在我这里么。

让我留下做什么？蒙古女人问。

当然是居家过日子，做我的偏房。

我还带着一个孩子。那女人说。

没事的，孩子也可以成为我的孩子。他说。

那女人什么也没说，一口喝完碗里的奶茶，冲孩子用蒙古语说了句什么，那孩子点了点头。那女人便走出家门，拿起放在门前柴堆旁的月牙斧，嘁里喀嚓不一会儿就

---

① Jilulekh，意为温暖。

劈了一大堆木柴。

末了，她复进屋，坐下来向他的小房要了一碗奶茶（他看到小房倒茶时那一百个不情愿的表情），呷了一口奶茶，便说，我什么都能干，脏活儿苦活儿累活儿我都不怕，大哥你要是留下我们母子俩，我愿意真心实意做你的人，伺候你。

这一天，他家所有屋里屋外的粗活儿，都被这蒙古女人抢着干了，他心里漾起一股暖意，对她的勤快很是满意。

夜里，他想与小房温存一下，没想他那个娇小女人第一次给了他一个大背。嘴里还嘟嘟囔囔地说，去，找你的蒙古女人去。

他悻悻然作罢，嘴里还在说，你这不是从小房成正房了么。只听他的娇小女人哼了一声，表示一腔的不满。

于是，他家里的日子比平常就又多了些内容。

四

日子就像门前流淌的巩乃斯河，永无休止。谢克已经把从那边腥风血雨中学会的生存智慧，用来和这边部落阿吾勒里的人交往，从部落头领到普通人都已不知不觉接纳了他。

那个部落头领有一次还专门邀请他去喝马奶子。那是上乘的马奶子，盛捣马奶的皮囊是用小牛皮精心制作的，熟得十分柔软，轧了羊角暗花，不带一点异味。那马奶里放进了马钱子[1]，很有劲道，喝上几碗便会微醺。

几碗马奶子下去，部落头领双颊泛红，十分优雅地捋了捋齐胸长髯，不无得意地告诉他，前两天他被县长召到县里，给了他一个叫“忙旁”的公差，今后，他发的话不仅是部落头领的号令，也是政府“忙旁”的指令了。

他着实听不太懂这边的汉语官称，在那边他对俄语官称可谓是了如指掌，但面对汉语汉字，他简直就是活聋子、睁眼瞎。所以，对于“忙旁”一职究竟意味着什么，他真的不懂。他只能在醉意微醺之时，脸上堆满笑容，感谢这位“忙旁”部落头领对他的恩典。那是他的真情，如果不是这位部落头领为他做主接济，他的日子会过得如何可想而知。现在可好，部落头领又得了政府“忙旁”一职，想必对他今后的日子更有实质意义。

其实，几天之前，县长把各位赞格（乡长）、阿哈拉合齐（保长）召到县里，同时也把各大小部落阿吾勒首领一起找去，给他们训话，并指派一些新的赞格和阿哈拉合齐。当时，没有他的什么事，他就觉得蹊跷，便斗胆问了一句县长，那我做什么呢？县长笑了笑，用下巴颏儿点了点管他们的赞格说，你帮忙嘛。他便记住了。

但是，回来过了一夜，他把头天背了一路的“帮忙”

---

① Kux ala，一种植物，会让马奶子发力。

二字整颠倒了，记成“忙旁”了。于是，在这片草原平地间就多了一个官称：忙旁。当然，这一官称只在阿吾勒民间茶余饭后流传，官家压根就没有理会过这档子事。

谢克回到家已是下午时分。他那个娇小的女人用幽怨的眼神瞧着他。你把我从故土藏在死人堆里带逃出来，到这异国他乡，就是为了拿这个牛高马大的蒙古女人欺负我是不？女人的话触到了他的痛处，他想起了亲手掩埋的两个弟弟，一股电流从脚跟通到了脑门。长房现今如何？那几个孩子也该长大了些，他想。

他无心理会女人幽怨的眼神，驱马赶到河套那边，看看他的马群是否安然。

五

他已经学会这边草原骑士的风格。每天清早起来，数一数大小畜群，喝过早茶，便会骑上他的枣红马，一路纵马迈着花走步，到草原牧人家里品用马奶子，并和那里的牧人聊一聊天下大事。比如抗日战争，比如莫斯科保卫战，等等。那些牧人的耳朵可真长，天下的事几乎没有他们不知道的。

还有一次，他遇到过阿肯唐加里克游吟到此。那是早些年的事了。唐加里克的那些歌曲让他十分迷恋。尤其

《库斯婕戈》[1] 这首歌，他听得如痴如醉。这是唐加里克从狱中出来后唱响草原的一首甜美的歌。

那一天，谢克照例喝了牧人家里添加了马钱子的马奶子，醉意微醺地回到家，还没下马，他那个娇小的女人哭哭啼啼对他申冤，说她受那个蒙古女人的挤兑，没法在这个家里呆下去了……

嘤嘤的哭声让他很烦，他举起马鞭便朝那个正在门前干活的牛高马大的蒙古女人的背落下一鞭。

那个蒙古女人先是愣怔了一下，短暂的停顿之后，只见她从容地朝他走了过来，一把把他从马背上薅起，撸下马背，搁在地上，夺过他手中的马鞭，往右膝盖上一顶，鞭杆便折为两截，幸亏还有装饰的皮纫，鞭杆被吊拉在两边。颇应了那句老话：断了骨头连着筋。

那个蒙古女人一声没吭，拽起她儿子的手就走向远方，再也没有回头。

谢克从地上爬起来，用那断为两截的鞭杆悻悻地掸去身上的草屑，目送着远去的那个蒙古女人高大的背影。

六

多年以后，传来斯大林逝世的消息。于是，1954 年谢

---

① Khos Jengge，意为双嫂。

克随第一批苏侨回返，携着他那个娇小的女人回到了他的故土家园。他从这边带去的是真正华丽饱满的哈萨克骑士马鞍和一套马具。他到了农庄，先挑了一匹高头大马，备上从这边带去的马鞍，配上马笼头、马辔、马鞧、马后鞧，紧扣带有华丽饰头的马肚带，再备上黑条绒马褥，手持用兔儿条做柄，镶了铜的八棱马鞭，从农庄风一样呼啸而出，隐向远山（其实，他是去看当年冬天被他亲手掩埋的那两个兄弟的墓去了），又风一样席卷回来。农庄里的人都有点敬畏他。不久，他就有了一个新的雅号：Khtay Ata（中国老爸）。他的长房已经老了，他那些孩子也都大了。奇怪的是，他和小房——他那个娇小的女人居然没有子嗣。

又有一次，谢克照例八面威风地纵马驰出农庄而去时，他的长子望着他背影有点怯怯地摇了摇头说，Khtay Ata 真了不起。

这时，他那个娇小的女人在一旁微微一笑，说道，你可没见到他那犯怂样儿。

啊？长子惊异地瞪大了眼睛。

他那个娇小的女人意味深长地看了一眼长子，说，曾经在那边有过一个蒙古女人，把你这位 Khtay Ata 像鹰拿兔子一样，从马背上攫起，放在了地上……

此时，谢克骑着高头大马，风一样卷回农庄，停在自家拴马桩前，正在下马。

迁墓人

这是一片古老的墓地。

过去，这片墓地远离城市；如今，日益膨胀的城市向这里迅猛发展，不久的将来，据说在这里就要盖起一座宏伟的现代化体育场。

眼下正在紧张地迁墓——迁墓的使命是由一老一少承担的。当然，他们并不是爷儿俩，然而谁也说不清他们究竟是怎样走到一起来的。老人看去年近六十了，又瘦又小，干瘪的下巴颏儿上生着几根稀疏的胡须，一双褐色的眸子在深陷的眼窝里熠熠生辉，显得十分机敏。少年似乎只有十五六岁，因为在他上唇还没有萌出柔软的绒毛来。不过，他的块头儿要比同龄少年大多了——当他裸露着双臂高高擎起坎土曼的时候，那疙疙瘩瘩的肌肉便会清晰地隆现出来，给人以一种强健有力的感觉。

他们的工作非常简单——由于这些古老的墓葬大都无主认领，所以，只要他们刨去落坑的积土，再把侧穴的封口打开，然后把那堆骷髅盛进一个印有“××市城建局”字样的白布袋里，送出地面来就是了，自然会有人妥善处置的。

不过，事虽如此，看来他们俩还是从一开始就分好了工——少年负责刨坑起封，这当然是力气活儿了，但他是自愿的，他似乎宁肯淌一身臭汗，也不愿接近那个通向另一个世界的森冷门坎。于是，进穴收骨的轻松活计，自然落在了老人身上。

这不，这会儿少年蹲在一个刚刚掘开的墓穴口上，正在等候老人照例递出白布袋来。一个炎热的白天快要接近尾声了，夕阳正在把它带着余热的、无声无息的光芒洒落在这片墓地上，四周显得一片清静。少年已经缓下一口气来，他想起方才的事儿，不免觉得有点滑稽——他现在完全用不着像最初那样，把侧穴的封口掏得那么老大，只要随便凿个小洞出来，老人便会像一只灵巧的耗子，哧溜一下钻进去的。这样既省力，又好玩。不然，在这片空旷的墓地上，整天除了阳光烤在脊梁上的灼热感觉，便是一个又一个死气沉沉的墓冢，再也没有什么，真能让人寂寞死了。他甚而觉着，每当老人跳进他刚刚掘开的落坑里，跪在开了封的侧穴前祈祷的时候，那神态宛如一只跑着跑着，突然挺立起来四下里窥望一番的耗子那般伶俐可爱……

少年终于为自己的这番遐想禁不住哑然失笑了……

不知不觉，少年额头上沁出的汗珠已经干了。要在往常，老人早该递出白布袋来，然而这会儿还听不出墓穴里有什么动静。

“大叔——”

他唤了一声，却没有回音。

“您怎么出不来了，莫非发现了什么宝贝？”

他提高了嗓门，揶揄着。

墓内依然没有回声。

少年索性拾起一颗土坷垃丢进侧穴，他分明听见穴下“噗”地响了一声。凭经验，他断定这一下击中了老人，他不由得缩了一下脖子，偷偷吐了吐舌头。然而出乎意料，他并没有听到老人愤懑的叫骂声。

这就奇了，他想。他禁不住俯下身去想看个究竟，可惜自己把封口开得太小，侧穴里很暗，让人什么也看不真切。莫非那堆骷髅把老人给吞了——他本来就耗子般大小呢。嗨，这当然是不可能的。不过……他最终还是懒得下去一趟。

少年漫无目的地环视着四周。远处，一个牧童把几只羊赶进了墓地。也许他是从郊外牧归，偶然路经这里的。可那几只羊竟然匆匆吞食起墓地里疏落的蒿草来，全然没有已经出牧一天的模样。倘使这会儿把它们赶到青草滩上，它们肯定不会这样囫囵吞枣的……

近处，是他们起过的一排排墓穴。一堆堆很久不见阳光的黄土，在夕阳残照下零零乱乱地摊散着，那潮黄的色彩与地表的土色迥然不同。他想数数这些天来到底迁走了多少墓穴，忽而，又没了那份兴致。实际上，这个数目在他心里早就一清二楚……

牧童正在催赶着他的贪婪的羊只朝这边走来，好像是要光顾这里，欣赏迁墓人的工作……然而，少年有点怀疑，这片墓地什么时候才能治理成样呢……

“喂，接着。”

少年的思绪被打断了——终于，老人拖着白布袋从侧穴里钻了出来。他的老眼依然熠熠生辉，在他刻满无情的岁月纹路的脸颊上，甚至透着某种令人难以捉摸的喜色。少年茫然了，但他本能地意识到此中定有蹊跷。

“您刚才听见我喊您了没？”他问。

老人点了点头。

“那您为什么也不吭个气儿？”

“这……嘿嘿……”

“瞧您乐什么呀？”

“嘿嘿……”

“怎么，莫非您有了什么喜事不成？”

“嘿嘿……”

老人一边憨笑着（少年第一次发现，老人的憨态原来也是这般的让人心疼呢），一边把盛满骷髅的白布袋吃力地递上来。就在这个当儿，少年发现方才自己丢进侧穴的土坷垃原来正中老人的脊梁——在他脊背上仍留着一坨清晰的土印。然而老人并没有责怪他。也许，他觉着这是区区小事，大可不必那么认真？抑或他压根儿不曾觉着自己被什么东西击中过……

老人已经跃出落坑，站在了少年的面前。不知怎的，那个牧童却吆着羊只又转远了。

老人十分谨慎地在怀里揣摸了半天，终于捧出一包用一块已经很难分清原色的脏手帕包着的什物来。少年困惑地望着他那张荡漾着喜气的干瘪的脸——这里又不是汉人的墓地[①]，难道还会有什么陪葬的宝物？可是老人十分神秘地揭开了手帕的一角，霎时，他满把金光闪闪，璀璨夺目。少年一时并没有认出那是什么玩物，只见老人喜得嘴角快要咧到了耳根，便问：

“您这是什么呀？”

“瞧，金牙，是纯金的。”老人的眼睛眯成了一条缝。

“从哪儿弄来的？”少年大略数了数，总也有个二三十颗呢。

老人却缄口不答，只是朝他诡谲地眨了眨眼。

少年顿时省悟了老人方才为何那样长久地呆在墓穴里的真正原因。他还想起在这之前似乎也曾有过这样的几回，只是那时自己不曾留意罢了。也许，这片墓地曾几何时竟掩埋过满口镶金的豪商大贾？少年本来还想再看一眼那满把的亡灵留下的金牙，可是老人已经把那小包匆匆包好，揣进了怀里……

少年举目望了望日头，看来在日落前还能起一座坟，

---

① 信奉伊斯兰教的少数民族墓葬是不放陪葬品的。

于是，他拾起方才丢在一旁的坎土曼，认准了一个墓穴，甩开臂膀重新挥舞起来……

一年以后，那片古老的墓地已经不复存在，一座宏伟的现代化体育场以她壮丽的雄姿傲然屹立在那里。这天下午，体育场里正在进行一场激烈的足球比赛……

忽然，一列送殡的队伍从体育场前开过（这里是通往新墓地的必经之路），人们看到，那个少年也在送殡的行列中——他是为他那个昔日里一同迁墓的老搭档送葬去的。此时此刻，他路经这里不免有几分吃惊——如果不是由他亲手迁走了这里的墓群，如果不是他对发生在这里的那段故事还记忆犹新，任凭谁说，他也决然不会相信这里曾经还是一片墓地呢。少年不由得触景生情，心里更是悲切。他一边走着，一边暗自思忖，待会儿把老人安葬好了，一定要到这个体育场来，看看能否认出当时老人捧出那一大把金牙来的那个墓穴的准确位置……

5路车站

清晨，监测仪上的红色曲线拉平了。这等于是一级警报。分管医生、护士立即投入抢救。他得的是绝症——食道癌，人已几乎脱形。此时，一位医生对病人家属说，准备后事吧，他已经不行了。夫人慌乱起来，尽管她知道人的生命旅程总有终结之时，何况他得了绝症，没有回天之力，但她忽然意识到就此要失去自己生命伴侣时，陷于一种空前无助的绝境。

她想起了两个人，一个是儿子，一个是丈夫的上司。对，得先给他们打电话。她拨通电话时人已不觉哽咽。

你爸爸走了，孩子。她带着哭腔说。

托列拜走了。她向丈夫的上司哭道。

病房里依然是医生们奋力抢救的现场。

在接到报丧电话的刹那，哈编部主任吐尔逊别克先是怔了一下，没想到生命竟如此脆弱。他只是在心底感慨了一下，来不及多想，时间紧迫，幸好现在正是上班时间，人到得都齐。他立即通知两个副主任到他办公室来碰头。旋即安排了托列拜的后事。他让一个副主任直奔医院，从那里陪同家属接回遗体；另一个副主任前往托列拜家里，腾出一间可以停放遗体出殡的房，还叮嘱一位编辑组长通知托列拜的所有亲朋好友。自己则在哈编部坐镇指挥。

于是，一个治丧工作班子立即高效有序运转起来。

托列拜逝世的噩耗就这样在一个早上迅速传遍城市的各个角落。甚至来电不断，都在询问大约几点出殡，以便及时赶来。死者为大，入土为安。穆斯林对逝者遗体安葬不会隔夜，也不火化。但一定要到清真寺为亡者做一次乃麻孜（祷告），通常不会错过晌礼，为其亡灵超度，愿其灵魂永驻天园，再往墓地安葬。

托列拜的家离单位很近，所以那位领命的副主任A抬脚就到了他家。他是一个工作起来风风火火的人，立即将一间卧室腾空，里头的衣柜板炕什么的，被他指挥着稀里哗啦拆卸一空，倒腾到楼下空地上。屋内架起了为亡者净洗遗体的灵床。

不久，便有人陆陆续续地向托列拜家赶来，甚至有几个亲人哭颂丧歌而来。副主任A庆幸自己的麻利，此刻，他已经能够腾出手来，迎接前来凭吊的人。毕竟女主人还在医院，有些家务事还无从着手。

他们开始迎候托列拜的遗体运回。

当另一位副主任B赶到医院时，他竟然惊讶地看到托列拜睁眼坐在病床上。他不敢相信自己的眼睛，使劲晃了晃头，睁大了眼睛一看，没错，托列拜的确坐在病床上睁眼望着他。只是人很虚弱，瘦得可以说只剩皮包骨头。原来医生将他从死亡的边缘救了回来。本已停止呼吸的他，此刻喘息着，展示着生命的顽强、活力与张力。

副主任B确信无疑托列拜活着，他这才意识到另一个问题的紧迫性严重性。他们已经向天下报丧了，或者说正在报丧。这可不成了荒唐事？得赶紧就此打住。

他迅速拨通了吐尔逊别克主任的电话，告知他托列拜还活着，被抢救过来了。报丧的事恐怕应该就此打住。

吐尔逊别克主任立即与副主任A通话，得知那边已开始来人。他让副主任A立即遣散来者。

哈编部地处闹市区，5路公共汽车正好在门口有站，获悉丧讯的人们，从城市的各个角落开始向托列拜家集中。有些人索性下了车站直接来到哈编部凭吊，弄得大家工作秩序一团糟，好像这里成了灵堂。这倒提示了吐尔逊别克主任，他让副主任B立即从医院赶回来，又派出两个年轻编辑到5路车站堵截：但凡遇到哈萨克人，一律通知他们托列拜没有去世，丧事免了，请回去吧。

两个年轻人受命赶到5路车站，一个盯前门，一个盯后门，车一停靠，车门打开，人流下来，只要看到哈萨克人模样者，他们便会凑上前去，先道一声色俩目来孔[1]，便说，托列拜没死。

---

① 真主赐福于你——相当于你好。

有几个人还真是为此丧事而来，他们便问缘由。但这两个年轻人也不了解更多细节，他们只知道今早托列拜夫人先来电话报丧，哈编部领导立即安排丧事，接着副主任B赶到医院又报回消息托列拜没死，被抢救过来了。仅此而已。有些见怪不怪的豁达者，便掉头重新登上5路车，忙自己的事去了。也有一两个认真的，把这两个年轻人数落一通，说，你们这是怎么搞的，人没死，你们报什么丧？死人的事是大事，你们这样草率，惊动全城的人，想干什么？是羞辱调侃托列拜呢，还是拿我们开涮寻开心？弄得这两个年轻人很尴尬，恨不得找个地缝钻进去。

当然，天下哈萨克人很多，不一定都和托列拜沾亲带故。也就是说，不是人人都为参加并没有死去的托列拜的丧事才上5路车的，而是各有自己的活计。当两个年轻人向他们一一道过色俩目，告知托列拜没死时，那些人先是一愣，一头雾水，随即脱口而出，托列拜是谁？没死又怎么着？这不谁也没死，活得好好的，大家都在奔生活么？也有的说，托列拜是谁？他的死活和我有什么相关？还有的说，你们两个是怎么了，没事干了是不？大清早跑到这里给路人道过色俩目再添一句废话，现在的年轻人是怎么了?！他们不无怜悯地摇头离去。有一位老兄说得更绝，显然他昨夜的宿酒还没醒透，满嘴还带着酒气，他张口就回，什么操他个爹的托列拜，他爱死不活，他的死活与我有鸡巴相干，老子居肯屌都不会歪一下。说罢略带蹒跚的步伐扬长而去。两个年轻人半晌都缓不过气来，实在是气不打一处来，但这又究竟为何？

的确，人是活的，路是通的，偌大的城市不止这一条5路车。托列拜家里那边前来凭吊的人越聚越多，人们从各路赶来。5路车上的人也络绎不绝。

直到这时，吐尔逊别克主任才恍然大悟，他把什么都想到了，通知到了，就是忘了告知报丧讯的那个编辑组长，托列拜没死，被抢救过来了。显然他仍在不断地打着报丧电话，搅动城里和郊区的人。只是他自己也有点私事，跑出去了，但手机始终占线，不容插喙。他只好又安排专人拨打他的手机，告诉他托列拜没死，让他停止报丧。听筒里始终传来移动公司自动回复的单调的女声：您好，您拨的电话正在通话中，请稍候再拨……直到最后自动回复女声答词变为：您好，您拨的电话已关机。吐尔逊别克主任说，肯定是他手机没电了，也好，这样他就报不成丧了。

当所有的亲友们离去，副主任A、B也回到哈编部时，托列拜家只剩下他儿子一人，在楼下望着刚才还挤满了人的空场发呆。恰在此时，托列拜的一些维吾尔朋友闻知方才传播的噩耗赶来凭吊。没想到这里冷冷清清，空无一人。他们感到有些诧异，莫非众人已去了墓地？他们看到了托列拜的儿子，他们当中有人认了出来。但是这个儿子沉默寡言，什么也没说起。他们想，或许这孩子过于悲痛，说不出话了。他们当中一位领衔者拿出了一沓蛮厚的份钱，直接塞到托列拜儿子手中。托列拜的儿子木讷地推着不肯接受。那位领衔者说了，拿着孩子，这是 5 000 元钱，是我们大家的一点心意。硬将钱塞进了托列拜儿子手中。各作一声阿门，拂面而去。这时，托列拜的儿子冲着这些人的背影嘟囔了一句，我爸爸没死。

哈编部这一天是在凌乱与忙碌中度过的。好在还得感谢这个时代的医学，托列拜真的被从死神那里救回。只要人活着，比什么都好。这是吐尔逊别克主任今天的真实心境。

三个月后，托列拜终于走了。哈编部那套高效有序的运转机制立刻启动了。只是，第一个接电话的人狐疑地问了一句，你们搞清楚没，托列拜是否真的死了？